【中国人格读库】

国家新闻出版广电总局

培育和践行社会主义核心价值观主题出版重点出版物

闻一多秋瑾爱国诗文选

高占祥　主编

董雁南　编

北京时代华文书局

图书在版编目（CIP）数据

闻一多秋瑾爱国诗文选 / 董雁南编 . -- 北京 ：北京时代华文书局， 2015.12
（2022.3 重印）

（中国人格读库 / 高占祥主编）

ISBN 978-7-5699-0700-1

Ⅰ ．①闻… Ⅱ ．①董… Ⅲ ．①中国文学－作品综合集－现代②中国文学－作品
综合集－清后期 Ⅳ ．① I211

中国版本图书馆 CIP 数据核字（2015）第 301088 号

闻一多秋瑾爱国诗文选
WEN YIDUO QIU JIN TAN SITONG AIGUO SHIWENXUAN

主　　编｜高占祥

编　　者｜董雁南

出 版 人｜陈　涛

责任编辑｜邢　楠

装帧设计｜程　慧　赵芝英

责任印制｜訾　敬

出版发行｜北京时代华文书局 http://www.bjsdsj.com.cn

　　　　　北京市东城区安定门外大街 138 号皇城国际大厦 A 座 8 楼

　　　　　邮编：100011　电话：010-64267955　64267677

印　　刷｜三河市嵩川印刷有限公司　0316-3650395

　　　　　（如发现印装质量问题，请与印刷厂联系调换）

开　　本｜787mm×1092mm　1/16　印　张｜12　字　数｜133 千字

版　　次｜2016 年 1 月第 1 版　印　次｜2022 年 3 月第 3 次印刷

书　　号｜ISBN 978-7-5699-0700-1

定　　价｜39.80 元

《中国人格读库》编委会

社会主义核心价值观与中国人格

周殿富

社会主义制度在中国已经建立了六十余年，而我们党则在本世纪初叶提出了培育弘扬社会主义核心价值观的重大课题，显然是其来有自。

社会主义的道德风尚在新中国蔚然兴起，曾经那样地风靡于二十世纪中叶。邓小平同志曾经在改革开放中讲过，当年"这种风气不仅是中国历史上从来没有过的，而且受到了世界人民的赞誉"。然而可惜的是，这个在社会主义制度建立与实践中，同步兴起的社会主义道德风尚的成长道路，却是一波四折。半个多世纪以来，它先是与共和国一道遭受了十年"文革"的浩劫；接着便是全党工作重心转移到改革开放进程中，欧风美雨"里出外进"的浸洗濡染；再接着是西方"和平演变"在东欧得手的强烈震荡与冲击；最后又是市场经济中那两只"看不见的手"在搅动着、嬗变着人们的价值取向。至少在国民中出现了价值观上的多层次化，传统美德的弱化，社会道德文明水准的退化，光荣革命传统的淡化，这也许正是中央在本世纪初提出社会主义核心价值观的原因吧。

不管怎么"变"，怎么"化"，当我们回首来时路，却不能不说，中华民族真的很强大，很值得骄傲。人类经历了几千年的文明进程，堪称世界文化之源的"五大文明古国"，其他四大古国文明都已被历史淘汰灭亡，只有中国成了唯一的延续存在。近现代即使那般的积贫积弱，被西方列强豆剖瓜分、弱肉强食，想亡我中华都不可能，就连最强大的美帝国主义，最凶残的日本军国主义都成为我们的手下败将，而且打出了一个新中国，且跨过整整一个历史阶段，直接进入了社会主义。西方敌对势力几十年不遗余力地对新中国百般围剿，"冷战""热战""和平演变"手段用尽，连如此强大的前苏联乃至整个苏东阵营都被瓦解了，而社会主义的旗帜仍旧在960万平方公里的土地上高高飘扬，而且昂首挺胸地屹立在世界的东方，中国真的是太强大了。几十年来的瞩目成就，竟然令西方发出了"中国威胁论"。你管他别有用心也好，言过其实也好，总比让别人说我们是"瓷器"，是"东亚病夫"好吧？1840~1949年的一百零九年间，中国尽受别人的欺负、"威胁"了，我们也能让那些昔日列强有点"威胁感"，又有什么不好？更何况这是他们自己说的啊！我们并没吹嘘，也没有去做。几千年来我们侵略过谁呢？"反战""非攻""兼相爱，交相利"，中国古有墨子，近有周恩来、邓小平同志。这也是中华民族固有传统美德的延续吧！

生于忧患，死于安乐，这也当是中华民族的一个传统美德吧？几十年来尽管中国如此繁荣兴旺，但从邓小平生前一直到党的"十八大"以来，无论哪一届中央领导集体，从来都没有忘记过国之忧患。忧在何处，患在何处呢？

二十世纪八十年代末，邓小平同志曾经在半年的时间内四次提到：中国改革开放十年最大的失误在教育，在"对青年的政治思想教育抓得不够""对人民的教育不够"，足见他的痛心疾首。他晚年时又提到了"国格"与"人格"的问题，讲道："谈到人格，但不要忘记还有一个国格。特别是像我们这样第三世界的发展中国家，没有民族自尊心，不珍惜自己民族的独立，国家是立不起来的。"

（精装版《邓小平文选》第3卷331页。）

人们很少注意到邓小平的这一段话，但邓小平恰恰是在这里把"国格""人格"提升到了事关"立国"的高度。

那么，什么是我们社会主义的"国格"呢？邓小平讲得很明白："民族自尊心""民族的独立"。

新中国一路走来，我们最大的尊严便是完全靠"自力"，靠"艰苦奋斗"，而达"更生"之境。对西方敌对势力的"冷战""热战""和平演变"，我们何曾有过屈服？也正是在这一前提下，我们才有真正的"民族独立"。这就是我们的国格。那么什么是我们中国人的人格呢？邓小平同志在这里没有讲，但他在1978年4月22日召开的全国教育工作会议上的讲话中，在讲到我们的教育培养目标时，至少提到与社会主义人格相关的各个方面：革命的理想，共产主义的品德，勤奋学习，严守纪律，艰苦奋斗，努力上进，爱祖国，爱人民，爱劳动，爱科学，爱护公共财产，助人为乐，英勇对敌，集体主义精神，专心致志地为人民工作，等等。这里的哪一条不属于社会主义人格的范畴呢？

2006年党的十六届三中全会，第一次提出了"建设社会主义核心价值体系"的历史性命题和战略任务。2007

年，胡锦涛同志在"6·25"讲话中又具体提出这个"体系"包括四个方面的内容：①马克思主义的指导思想；②中国特色社会主义共同理想；③以爱国主义为核心的民族精神和以改革创新为核心的时代精神；④社会主义荣辱观。这四个方面，一是信仰，二是理想，三是精神，四是道德文明，哪一个不在社会主义人格的范畴之内呢？党的十七届六中全会又提到了社会主义核心价值体系是"兴国之魂"。

2012年11月，在党的"十八大"上又用"三个倡导"把社会主义核心价值观概括为十二项：①倡导富强、民主、文明、和谐；②倡导自由、平等、公正、法制；③倡导爱国、敬业、诚信、友善。而且中办文件又把这"三个倡导"分为三个层面：第一个"倡导"的四项，是国家层面的价值目标；第二个"倡导"的四项，是社会层面的价值取向；第三个"倡导"的四项，是公民个人层面的价值准则。实际上前两个"倡导"的八项都是属于"国格"范畴，而第三个"倡导"是属于"人格"范畴。

那么，我们怎样才能在前面讲到的那些历史嬗变中培育建构起这个"核心价值观"呢？中共中央政治局的第十三次集体学习，似乎很明确地回答了这个问题。

新华社北京2014年2月25日电讯称：中央政治局在2月24日，以弘扬社会主义核心价值观，弘扬中华传统美德为内容，进行了集体学习，习近平总书记在主持学习时强调：

培育和弘扬社会主义核心价值观必须立足中华优秀传统文化。牢固的核心价值观，都有其固有的根本。抛弃传统、丢掉根本，就等于割断了自己的精神命脉。博大精深的中国优秀传统文化是我们在世界文化激荡中落稳脚跟的根基。中华文化源远流长，积淀着中华民族最深层的精神追求，代表着中华民族独特的精神标识，为中华民族生生不息、发展壮大提供了丰厚滋养。中华传统美德是中华文化精髓，蕴含着丰富的思想道德资源。不忘本来才能开辟未来，善于继承才能更好创新。对历史文化特别是先人传承下来的价值理念和道德规范，要坚持古为今用、推陈出新，有鉴别地加以对待，有扬弃地予以继承，努力用中华民族创造的一切精神财富来以文化人，以文育人。

习近平总书记的这段论述相当精辟，对于如何培育建构社会主义核心价值观问题从四个方面剀切明白。

第一，他明确指出要在中华优秀传统文化的基础上，来构造我们的社会主义核心价值观，而不能割断历史。这一条十分重要，否则我们便会失去我们的本来面目，便会成为无源之水，也就无法走向未来。

第二，指出了中华传统美德是中华文化精髓，蕴含着丰富的思想道德资源。这就为我们揭示了社会主义核心价值观，要以弘扬优秀的中华传统美德为基础。

第三，他指出，对传统文化在扬弃中继承，在继承中创新。这就是说，社会主义核心价值观的内涵，既要有优良传统的文化精神，也要有时代精神，是二者的有机结合。

第四，他指出要用中华民族创造的一切精神财富，来化人育人。这就是说，弘扬中华民族文化，并不只是传承儒学那些道统，而是要弘扬全民族共创的优秀传统文化。同时也就是说，培育、弘扬社会主义核心价值观的根本目的是化民、育人。

尤其值得瞩目的是，习近平总书记在这次讲话中提到了一个"中华民族独特的精神标识"问题，而在同年的全国组织部长会议上又提出我们再也不能以GDP论英雄的思想。让人欣慰的是，思想道德文化建设终于被提升到一个民族的标识地位，这至少表明中国人的思想观念，并不落伍于世界潮流。

并不受人欢迎的亨廷顿生前给他的祖国提出的警示忠告，竟是如何弘扬他们没有多少历史和文化的"传统文化"："盎格鲁新教精神——美国梦"，以此为国家的"文化核心"问题。他讲道："在一个世界各国人民都以文化来界定自己的时代，一个没有文化核心而仅仅以政治信条来界定自己的社会，哪有立足之地？"所以，他提醒他无限忠于的祖国，一定要巩固发扬他们自入居北美以来，在新教精神基础上形成的"美国梦"理念的"文化核心"地位，这样才能消解这个国家的民族与文化双重多元化的危机。为此，他甚至预言美国弄不好会在本世纪中叶发生分裂。而且他公开预言不列颠大英帝国也会因民族与文化多元化的问题，导致在本世纪上半期发生分裂。

西方的一些专家学者们也十分强调国家民族文化的地位问题，柏克说："全世界的人根据文化上的界限来区分自己。"丹尼尔同样说："保守地说，真理的中心在于，对一个社会的成功起决定作用的是文化，而不是政治。开明地说，真理的中心在于，政治可以改变文化，使文化免于沉沦。"这些语言也可能有它们的局限性与某种非唯物性，但至少可以让我们看到那些发达的资本主义国家在想什么，至少与马克思主义经典作家们，关于意识形态并不总是消极被动地接受它的经济基础的论断并不相悖。

中国显然具有世界上最悠久的民族文化，同时显然也拥有世界上最强大的政治优势。新中国包括它直接进入社会主义的经济形态，以及其后的一次次经济变革，哪一次不是靠政治力量在强力推动呢？它当然同样拥有让我们几千年的民族文化"免于沉沦"的能力。有学人认为我们的民族文化早就被以往一次次的历史性灾难割裂了，这个看法显然都是毫无道理的。但我们当下却确实面临着"两个传统"失传失统的危险。中国的传统文化与优秀的民族美德，在当代国民中还有多少传承？老一代中国共产党人用生命与鲜血铸就的光荣革命传统，在党内还有多少"光大"？我们现在全民族的"核心文化"到底在何处？"社会主义核心价值观"的提出不仅符合世界潮流，也是使我们优秀的民族文化得以传承而不发生历史断裂的根本保证。富和强永远都不是一个民族的标志，哪个国家不可以富，不可以强？但能代表中国"这一个"本来面目，具有自己民族特色的，唯有中华民族的文化，能代表中国人形象的只有中国独具的道德人格。什么是人格？人格就是原始戏剧中不同角色的本来面目。

综上所述，我们是不是可以这样认为，社会主义核心价值观应内含如下的成分：中华民族传统文化中的优秀传统美德；中国人民近现代反帝反侵略反封建的爱国主义、斗争精神与中国共产党领导下形成的几十年光荣革命传统；中国化了的马克思主义有中国特色社会主义的共同理想；与"中国梦"远大目标相适应的时代精神。由这些内涵构成的社会主义核心价值观，用它来干什么呢？用习近平总书记的话来说就是"化人""育人"，把它再具体化一下，无非是打造能体现中华民族特色，代表中国形象的国格、人格。在思想道德层面上，一个国家的民族精神也只有在人的身上才能体现，所以我们依据社会主义核心价值观的基本要求，针对当代青少年的实际情况，策划了《中国人格读库》这样一套大型系列选题。

本套书承蒙全国少工委、中华文化促进会、团中央中国青年网三家共同主办推广，并积极提供书稿。难得高占祥老前辈热情出任该套书的编委主任，且高占祥同志不辞屈就加盟主创作者队伍。一些大学、中学教师与青年作者也积极加盟此套书的编写。该选题被国家新闻广电出版总局列为2014年全国社会主义核心价值观重点选题，在此一并鸣谢。

希望本套书的出版能为社会主义核心价值观的培育与弘扬，为促进青少年的道德人格养成起到积极的作用。欢迎广大读者与作家对不足之处批评教正，多提宝贵建议与指导意见。

谨以此代出版前言并序。

二〇一四年十月

于北京时代华文书局

目录

秋瑾文章部分

闻一多诗歌部分

幻中之邂逅

太阳落了，责任闭了眼睛，
屋里朦胧的黑暗凄酸的寂静，
钩动了一种若有若无的感情
——快乐和悲哀之间底黄昏。

仿佛一簇白云，蒙蒙漠漠，
拥着一只素氅朱冠的仙鹤——
在方才淌进的月光里浸着，
那娉婷的模样就是他么？

我们都还没吐出一丝儿声响，
我刚才无心地碰着他的衣裳，

许多的秘密，便同奔川一样，

从这摩触中不歇地冲洄来往。

忽地里我想要问他到底是谁，

抬起头来……月在哪里？人在哪里？

从此狰狞的黑暗，咆哮的静寂，

便扰得我辗转空床，通夜无睡。

我是中国人

我是中国人，我是支那人，

我是黄帝的神明血胤；

我是地球上最高处来的，

帕米尔便是我的原籍。

我的种族是一条大河，

我们流下了昆仑山坡，

我们流过了亚洲大陆，

我们流出了优美的风俗。

伟大的民族，伟大的民族！

五岳一般的庄严正肃，

广漠的太平洋底度量，

春云的柔和，秋风的豪放。

我们的历史可以歌唱，

他是尧时老人敲着木壤，

敲出来的太平的音乐，

我们的历史是一首民歌。

我们的历史是一只金罍

盛着帝王祀天的芳醴！

我们敬人，我们又顺天，

我们是乐天安命的神仙。

我们的历史是一掬清泪，

孔子哀掉死麒麟的泪；

我们的历史是一阵狂笑，

庄周，淳于髡，东方朔的笑。

我是中国人，我是支那人，

我的心里有尧舜的心，

我的血是荆轲聂政的血，

我是神农黄帝的遗孽。

我的智慧来得真离奇，

他是河马献来的馈礼

我这歌声中的节奏，

原是九苞凤凰的传授。

我心头充满戈壁的沉默，

脸上有黄河波涛的颜色

泰山的石溜滴成我的忍耐，

峥嵘的剑阁撑出我的胸怀。

我没有睡觉！我没有睡觉

我心中的灵火还在燃烧；

我的火焰他越烧越燃，

我为我的祖国烧得发颤。

我的记忆还是一根麻绳，

绳上束满了无数的结梗；

一个结子是一桩史事——

我便是五千年的历史。

我是过去五千年的历史，

我是将来五千年的历史。

我要修葺这历史的舞台，

预备排演历史的将来。

我们将来的历史是首歌：

还歌着海晏河清的音乐。

我们将来的历史是杯酒，

又在金罍里给皇天献寿。

我们将来的历史是滴泪，

我的泪洗尽人类的悲哀。

我们将来的历史是声笑，

我的笑驱尽宇宙的烦恼。

我们是一条河，一条天河，

一派浑浑噩噩的光波！——

我们是四万万不灭的明星；

我们的位置永远注定。

伟大的民族！伟大的民族！

我是东方文化的鼻祖；

我的生命是世界的生命。

我是中国人，我是支那人！

死

啊！我的灵魂底灵魂！

我的生命底生命，

我一生底失败，一生底亏欠，

如今要都在你身上补足追偿，

但是我有什么

可以求于你的呢？

让我淹死在你眼睛底汪波里！

让我烧死在你心房底熔炉里！

让我醉死在你音乐底琼醪里！

让我闷死在你呼吸底馥郁里！

不然，就让你的尊严羞死我！

让你的酷冷冻死我！

让你那无情的牙齿咬死我！

让那寡恩的毒剑螫死我！

你若赏给我快乐，

我就快乐死了；

你若赐给我痛苦，

我也痛苦死了；

死是我对你唯一的要求，

死是我对你无上的贡献。

孤雁

不幸的失群的孤客！

谁教你抛弃了旧侣，

拆散了阵字，

流落到这水国底绝塞，

拼若寸磔的愁肠，

泣诉那无边的酸楚？

啊！从那浮云底密幕里，

迸出这样的哀音；

这样的痛苦！这样的热情！

孤寂的流落者！

不须叫喊得哟！

你那沉细的音波，

在这大海底惊雷里，

还不值得那涛头上

溅落的一粒浮沤呢！

可怜的孤魂啊！

更不须向天回首了。

天是一个无涯的秘密，

一幅蓝色的谜语，

太难了，不是你能猜破的。

也不须向海低头了。

这辱骂高天的恶汉，

他的咸卤的唾沫

不要渍湿了你的翅膀，

粘滞了你的行程！

流落的孤禽啊！

到底飞往哪里去呢？

那太平洋底彼岸，

可知道究竟有些什么？

啊！那里是苍鹰底领土——
那鸷悍的霸王啊！
他的锐利的指爪，
已撕破了自然底面目，
建筑起财力底窝巢。
那里只有钢筋铁骨的机械，
喝醉了弱者底鲜血，
吐出些罪恶底黑烟，
涂污我太空，闭熄了日月，
教称飞来不知方向，
息去又没地藏身啊！

流落的失群者啊！
到底要往哪里去？
随阳的鸟啊！
光明底追逐者啊！
不信那腥臊的屠场，
黑黯的烟灶，
竟能吸引你的踪迹！

归来罢，失路的游魂！
归来参加你的伴侣，
补足他们的阵列！
他们正引着颈望你呢。

归来偃卧在霜染的芦林里，
那里有校猎的西风，
将茸毛似的芦花，
铺就了你的床褥，
来温暖起你的甜梦。

归来浮游在温柔的港淑里，
那里方是你的浴盆。
归来徘徊在浪舐的平沙上
趁着溶银的月色，
婆婆着戏弄你的幽影。

归来罢，流落的孤禽！
与其尽在这水国底绝塞，
拼着寸磔的愁肠，
泣诉那无边的酸楚，
不如擢翅回身归去罢！

啊！但是这不由分说的狂飙
挟着我不息地前进；
我脚上又带着了一封信，
我怎能抛却我的使命，
由着我的心性
回身擢翅归去来呢？

火柴

这些都是君王底
樱桃艳嘴的小歌童：
有的唱出一颗灿烂的明星，
唱不出的，都拆成两片枯骨。

玄思

在黄昏底沉默里，
从我这荒凉的脑子里，
常逛出些古怪的思想，
不伦不类的思想；

仿佛从一座古寺前的

尘封雨渍的钟楼里，

飞出一阵猜怯的蝙蝠，

非禽非兽的小怪物。

同野心的蝙蝠一样，

我的思想不肯只爬在地上，

却老在天空里兜圈子，

圆的，扁的，种种的圈子。

我这荒凉的脑子

在黄昏底沉默里，

常逛出些古怪的思想，

仿佛同些蝙蝠一样。

太阳吟

太阳啊，刺得我心痛的太阳！

又逼走了游子底一出还乡梦，

又加他十二个时辰的九曲回肠！

太阳啊，火一样烧着的太阳！

烘干了小草尖头底露水，

可烘得干游子底冷泪盈眶？

太阳啊，六龙骖驾的太阳！
省得我受这一天天的缓刑，
就把五年当一天跑完那又何妨？

太阳啊——神速的金乌——太阳！
让我骑着你每日绕行地球一周，
也便能天天望见一次家乡！

太阳啊，楼角新升的太阳！
不是刚从我们东方来的吗？
我的家乡此刻可都依然无恙？

太阳啊，我家乡来的太阳！
北京城里底官柳裹上一身秋了吧？
唉！我也憔悴的同深秋一样！

太阳啊，奔波不息的太阳！
——你也好像无家可归似的呢。
啊！你我的身世一样地不堪设想！

太阳啊，自强不息的太阳！

大宇宙许就是你的家乡吧。
可能指示我我底家乡的方向？

太阳啊，这不像我的山川，太阳！
这里的风云另带一般颜色，
这里鸟儿唱的调子格外凄凉。

太阳啊，生命之火底太阳！
但是谁不知你是球东半底情热，
——同时又是球西半的智光？

太阳啊，也是我家乡底太阳！
此刻我回不了我往日的家乡，
便认你为家乡也还得失相偿。

太阳啊，慈光普照的太阳！
往后我看见你时，就当回家一次；
我的家乡不在地下乃在天上！

烂果

我的肉早被黑虫子咬烂了。
我睡在冷辣的青苔上，

索性让烂的越加烂了，

只等烂穿了我的核甲，

烂破了我的监牢，

我的幽闭的灵魂

便穿着豆绿的背心，

笑迷迷地要跳出来了！

渔阳曲

白日底光芒照射着朱梦，

丹墀上默跪着双双的桐影。

宴饮的宾客坐满了西厢，

高堂上虎踞着他们的主人，

高堂上虎踞着威严的主人。

丁东，丁东，

沉默弥漫了堂中，

又一个鼓手，

在堂前奏弄，

这鼓声与众不同。

丁东，丁东，

听！你可听得懂？

听！你可听得懂？

银瑗玉碟——尝不遍燕脯龙肝，

鸬鹚杓子泻着美酒如泉，

杯盘的交响闹成铿锵一片，

笑容堆皱在主人底满脸——

啊，笑容堆皱了主人底满脸。

丁东，丁东，

这鼓声与众不同——

它清如鹤泪，

它细似吟蛩，

这鼓声与众不同。

丁东，丁东，

听！你可听得懂？

听！你可听得懂？

你看这鼓手他不像是凡夫，

他儒冠儒服，定然腹有诗书，

他宜乎调度着更幽雅的音乐，

粗笨的鼓捶不是他的工具，

这双鼓捶不是这手中的工具！

丁东，丁东，

这鼓声与众不同——

像寒泉注淌，

像雨打梧桐；

这鼓声与众不同。

丁东，丁东，

听！你可听得懂？

听！你可听得懂？

你看他在庭前绕着一道长弧线，

然后徐徐地步上了阶梯，

一步一声鼓，越打越酣然——

啊，声声的坌鼓，越打越酣然。

叮东，叮东，

这鼓声与众不同——

陡然成急切，

忽又变成沉雄；

这鼓声与众不同。

叮东，叮东，

不同，与众不同，

不同，与众不同。

坎坎的鼓声震动了屋宇，

他走上了高堂，便张目四顾，

他看见满堂缩瑟的猪羊，

当中是一只磨牙的老虎。

他偏要撩一撩这只老虎。

叮东，叮东，

这鼓声与众不同，

这不是颂德，

也不是歌功；

这鼓声与众不同。

叮东，叮东，

不同，与众不同！

不同，与众不同！

他大步地跨向主人底席旁，

却被一个班吏匆忙地阻挡；

"无礼的奴才！"这班吏吼道，

"你怎么不穿上号衣，就往前瞎闯？

你没有穿号衣，就往这儿瞎闯？"

叮东，叮东，

这鼓声与众不同——

分明是咒诅，

显然是嘲弄；

这鼓声与众不同。

叮东，叮东，

听！你可听得懂？

听！你可听得懂？

他领过了号衣，靠近栏杆，

次第的脱了皂帽，解了青衫，

忽地满堂的目珠都不敢直视，

仿佛看见猛烈的光芒一般，

仿佛他身上射出金光一般。

叮东，叮东，

这鼓手与众不同；

他赤身露体，

他声色不动，

这鼓手与众不同。

叮东，叮东，

真个与众不同！

真个与众不同！

满堂是恐怖，满堂是惊讶，

满堂寂寞——日影在石栏杆下；

飞走了翩翩一只穿花蝶，

洒落了疏疏几点木犀花，

庭中洒下了几点木犀花。

叮东，叮东，

这鼓手与众不同——

莫不是酒醉？

莫不是癫疯？

这鼓手与众不同。

叮东，叮东，

定当与众不同！

定当与众不同！

苍黄的褂号露出一只赤臂，

头颅上高架着一顶银盔——

他如今换上了全副装束，

如今他才是一个知礼的奴才，

如今他才是一个知礼的奴才。

叮东，叮东，

这鼓声与众不同——

象狂涛打岸，

象霹雳腾空；

这鼓声与众不同。

叮东，叮东，

不同，与众不同！

不同，与众不同！

他在主人的席前左右徘徊，

鼓声愈渐激昂，越加慷慨，

主人停了玉杯，住了象箸，

主人的面色早已变作死灰，

啊，主人的面色为何变作灭灰？

叮东，叮东，

这鼓声与众不同——

擂得你胆寒.

挞得你发耸；

这鼓声与众不同。

叮东，叮东，

不同，与众不同！

不同，与众不同！

猖狂的鼓声在庭中嘶吼，

主人的羞恼哽塞咽喉，

主人将唤起威风，呕出怒火，

谁知又一阵鼓声扑上心头，

把他的怒火扑灭在心头。

叮东，叮东，

这鼓声与众不同——

像鱼龙走峡，

像兵甲交锋；

这鼓声与众不同。

叮东，叮东，

不同，与众不同！

不同，与众不同！

堂下的鼓声忽地笑个不止，

堂上的主人只是坐着发痴；

洋洋的笑声洒落在四筵，

鼓声笑破了奸雄的胆子，

鼓声又笑破了主人的胆子！

叮东，叮东，

这鼓声与众不同——

席上的主人，

一动也不动；

这鼓手与众不同。

叮东，叮东，

定当与众不同！

定当与众不同！

白日的残辉绕过了雕楹，

丹墀上没有了双双的桐影。

无聊的宾客坐满了西厢，

高堂上呆坐着他们的主人，

高堂上坐着丧气的主人。

叮东，叮东，

这鼓手与众不同——

惩斥了国贼，

庭辱了枭雄，

这鼓手与众不同。

叮东，叮东，

真个与众不同！

真个与众不同！

口供

我不骗你，我不是什么诗人，

纵然我爱的是白石的坚贞，

青松和大海，鸦背驮着夕阳，

黄昏里织满了蝙蝠的翅膀。

你知道我爱英雄，还爱高山，

我爱一幅国旗在风中招展，

自从鹅黄到古铜色的菊花。

记着我的粮食是一壶苦茶！

可是还有一个我，你怕不怕——
苍蝇似的思想，垃圾桶里爬。

死水

这是一沟绝望的死水，
清风吹不起半点漪沦。
不如多扔些破铜烂铁，
爽性泼你的剩菜残羹。

也许铜的要绿成翡翠，
铁罐上绣出几瓣桃花；
再让油腻织一层罗绮，
霉菌给他蒸出些云霞。

让死水酵成一沟绿酒，
漂满了珍珠似的白沫；
小珠们笑声变成大珠，
又被偷酒的花蚊咬破。

那么一沟绝望的死水，
也就夸得上几分鲜明。
如果青蛙耐不住寂寞，

又算死水叫出了歌声。

这是一沟绝望的死水，
这里断不是美的所在，
不如让给丑恶来开垦，
看他造出个什么世界。

静夜

这灯光，这灯光漂白了的四壁；
这贤良的桌椅，朋友似的亲密；
这古书的纸香一阵阵的袭来；
要好的茶杯贞女一般的洁白；
受哺的小儿唛呷在母亲怀里，
鼾声报道我大儿康健的消息……
这神秘的静夜，这浑圆的和平，
我喉咙里颤动着感谢的歌声。
但是歌声马上又变成了诅咒，
静夜！我不能，不能受你的贿赂。
谁希罕你这墙内尺方的和平！
我的世界还有更辽阔的边境。
这四墙既隔不断战争的喧嚣，
你有什么方法禁止我的心跳？

最好是让这口里塞满了沙泥，

如果他只会唱着个人的休戚！

最好是让这头颅给田鼠掘洞，

让这一团血肉也去喂着尸虫；

如果只是为了一杯酒，一本诗，

静夜里钟摆摇来的一片闲适，

就听不见了你们四邻的呻吟，

看不见寡妇孤儿抖颤的身影，

战壕里的痉挛，疯人咬着病榻，

和各种惨剧在生活的磨子下。

幸福！我如今不能受你的私贿，

我的世界不在这尺方的墙内。

听！又是一阵炮声，死神在咆哮。

静夜！你如何能禁止我的心跳？

发现

我来了，我喊一声，迸着血泪，

"这不是我的中华，不对，不对！"

我来了，因为我听见你叫我；

鞭着时间的罡风，擎一把火，

我来了，不知道是一场空喜。

我会见的是噩梦，那里是你？

那是恐怖，是噩梦挂着悬崖，
那不是你，那不是我的心爱！
我追问青天，逼迫八面的风，
我问，（拳头擂着大地的赤胸）
总问不出消息；我哭着叫你，
呕出一颗心来——在我心里！

祈祷

请告诉我谁是中国人，
启示我，如何把记忆抱紧；
请告诉我这民族的伟大，
轻轻的告诉我，不要喧哗！

请告诉我谁是中国人，
谁的心里有尧舜的心，
谁的血是荆轲聂政的血，
谁是神农黄帝的遗孽。

告诉我那智慧来得离奇，
说是河马献来的馈礼；
还告诉我这歌声的节奏，
原是九苞凤凰的传授。

请告诉我戈壁的沉默，

和五岳的庄严？又告诉我

泰山的石溜还滴着忍耐，

大江黄河又流着和谐？

再告诉我，那一滴清泪

是孔子吊唁死麟的伤悲？

那狂笑也得告诉我才好——

庄周，淳于髡，东方朔的笑。

请告诉我谁是中国人，

启示我，如何把记忆抱紧；

请告诉我这民族的伟大，

轻轻的告诉我，不要喧哗！

一句话

有一句话说出就是祸，

有一句话能点得着火，

别看五千年没有说破，

你猜得透火山的缄默？

说不定是突然着了魔，

突然青天里一个霹雳

爆一声：

"咱们的中国！"

这话叫我今天怎样说？

你不信铁树开花也可，

那么有一句话你听着：

等火山忍不住了缄默；

不要发抖，伸舌头，顿脚，

等到青天里一个霹雳

爆一声：

"咱们的中国！"

奇迹

我要的本不是火齐的红，或半夜里

桃花潭水的黑，也不是琵琶的幽怨，

蔷薇的香，我不曾真心爱过文豹的矜严

我要的婉娈也不是任何白鸽所有的。

我要的本不是这些，而是这些的结晶，

比这一切更神奇得万倍的一个奇迹！

可是，这灵魂是真饿得慌，我不能

让他缺着供养，那么，即使是糟糠，

你也得募化不是？天知道，我不是
甘心如此，我并非倔强，亦不是愚蠢，
我是等你不及，等不及奇迹的来临！
我不敢让灵魂缺着供养。谁不知道
一树蝉鸣，一壶浊酒，算得了什么？
纵提到烟峦，曙壑，或更璀璨的星空，
也只是平凡，最无所谓的平凡，犯得着
惊喜的没主意，喊着最动人的名儿，
恨不得黄金铸字，给装在一支歌里？
我也说但为一阕莺歌便噙不住眼泪
那未免太支离，太玄了。简直不值当。
谁晓得，我可不能不那样：这心是真
饿得慌，我不能不节省点，把藜藿全当作膏粱。
可也不妨明说，只要你——
只要奇迹露一面，我马上就抛弃平凡，
我再不瞅着一张霜叶梦想春花的艳，
再不浪费这灵魂的膂力，剥开顽石
来诛求白玉的温润，给我一个奇迹，
我也不再去鞭挞着"丑"，逼他要
那分背面的意义；实在我早厌恶了
这些勾当，这附会也委实太费解了。
我只要一个明白的字，舍利子似的闪着

宝光，我要的是整个的，正面的美。

我并非倔强，亦不是愚蠢，我不会看见

团扇，悟不出扇后那天仙似的人面。

那么

我便等着，不管等到多少轮回以后——

既然当初许下心愿，也不知道是在多少

轮回以前——我等，我不抱怨，只静候着

一个奇迹的来临。总不能没有那一天

让雷来劈我，火山来烧，全地狱翻起来

扑我……害怕吗？你放心，反正罡风

吹不熄灵魂的灯，愿这蜕壳化成灰烬，

不碍事，因为那，那便是我的一刹那

一刹那的永恒……一阵异香，最神秘的

肃静（日、月，一切星球的旋律早被

喝住，时间也止步了），最浑圆的和平……

我听见阊阖的户枢搴然一响，

紫霄上传来一片衣裙的綷縩——

那便是奇迹——

半启的金扉中，一个戴着圆光的你！

太平洋舟中见一明星

鲜艳的明星哪！——

太阴的嫡裔，

月儿同胞的小妹——

你是天仙吐出的玉唾，

溅在天边？

还是鲛人泣出的明珠，

被海涛淘起？

哦！我这被单调的浪声

摇睡了的灵魂，

昏昏睡了这么久，

毕竟被你唤醒了哦，

灿烂的宝灯啊！

我在昏沉的梦中，

你将我唤醒了，

我才知道我已离了故乡，

贬斥在情爱的边徼之外——

飘簸在海涛上的一枚钓饵。

你又唤醒了我的大梦——

梦外包着的一层梦！

生活呀！苍茫的生活呀！

也是波涛险阻的大海哟！

是情人的眼泪的波涛，

则壮士的血液的波涛。

鲜艳的星，光明的结晶啊！

生命之海中的灯塔！

照着我罢！照着我罢！

不要让我碰了礁滩！

不要许我越了航线；

我自要加进我的一勺温泪，

教这泪海更咸；

我自要倾出我的一腔热血，

教这血涛更鲜！

谢罪以后

朋友，怎样开始？这般结局？

"谁实为之？"是我情愿，是你心许？

朋友，开始结局之间，

演了一出浪漫的悲剧；

如今戏既演完了，

便将那一页撕了下去，

还剩下了一部历史，

恐十倍地庄严，百般地丰富——

是更生的灵剂，乐园的基础！

朋友！让舞台上的经验，短短长长，

是恩爱，是仇雠，尽付与时间和游浪。

若教已放下来的绣幕，

永作隔断记忆的城墙；

台上的记忆尽可隔断，

但还有一篇未成的文章，

是在登台以前开始作的。

朋友！你为什么不让他继续添长，

完成一件整的艺术品？你试想想！

朋友！我们来勉强把悲伤葬着，

让我们的胸膛做了他的坟墓；

让忏悔蒸成湿雾，

糊湿了我们的眼睛也可；

但切莫把我们的心，

冷的变成石头一个，

让可怕的矜骄的刀子

在他上面磨成一面的锋，两面的锷。

朋友，知道成锋的刀有个代价么？

国手

爱人啊！你是个国手，

我们来下一盘棋；

我的目的不是要赢你，

但只求输给你——

将我的灵和肉

输得干干净净！

宇宙

宇宙是个监狱，

但是个模范监狱；

他的目的在革新，

并不在惩旧。

青春

青春像只唱着歌的鸟儿，

已从残冬窟里闯出来，

驶入宝蓝的穹窿里去了。

神秘的生命，

在绿嫩的树皮里膨胀着，

快要送出带鞘子的，

翡翠的芽儿来了。

诗人呵！揩干你的冰泪，

快预备着你的歌儿，

也赞美你的苏生罢！

十一年一月二日作

哎呀！自然的太失管教的骄子！

你那内蕴的灵火！不是地狱的毒火，

如今已经烧得太狂了，

只怕有一天要爆裂了你的躯壳。

你那被爱蜜饯了的肥心，人们讲，

本是为滋养些嬉笑的花儿的，

如今却长满了愁苦的荆棘——

他的根已将你的心越捆越紧，越缠越密。

上帝啊！这到底是什么用意？

唉！你（只有你）真正了解生活的秘密，

你真是生活的唯一的知己，

但生活对你偏是那样地凶残：

你看！又是一个新年——好可怕的新年！——

张着牙戟齿锯的大嘴招呼你上前；

你退既不能，进又白白地往死嘴里钻！

高步远蹪的命运

从时间的没究竟的大道上踱过；

我们无足轻重的蚁子

糊里糊涂地忙来忙去，不知为什么，

忽地里就断送在他的脚跟的……

但是，那也对啊！……死！你要来就快来，

快来断送了这无边的痛苦！

哈哈！死，你的残忍，乃在我要你时，你不来，

如同生，我不要他时，他偏存在！

花儿开过了

花儿开过了，果子结完了：

一春的香雨被一夏的骄阳炙干了，

一夏的荣华被一秋的馋风扫尽了。

如今败叶枯枝，便是你的余剩了。

天寒风紧，冻哑了我的心琴；

我惯唱的颂歌如今竟唱不成。

但是，且莫伤心，我的爱，

琴弦虽不鸣了，音乐依然在。

只要灵魂不灭，记忆不死，纵使

你的荣华永逝（这原是没有的事），

我敢说那已消的春梦的余痕，

还永远是你我的生命的生命！

况且永继的荣花，顿刻的凋落——

两两相形，又算得了些什么？

今科的假眠，也不过是明春的

更烈的生命所必需的休息。

所以不怕花残，果烂，叶败，枝空，

那缜密的爱的根网总不一刻放松；

他总是绊着，抓着，咬着我的心，

他要抽尽我的生命供给你的生命！

爱啊！上帝不曾因青春的暂退，

就要将这个世界一齐捣毁，

我也不曾因你的花儿暂谢，

就敢失望，想另种一朵来代他！

失败

从前我养了一盆宝贵的花儿，

好容易孕了一个苞子，

但总是半含半吐的不肯放开。

我等发了急，硬把他剥开了，

他便一天萎似一天，萎得不像样了。

如今我要他再关上不能了。

我到底没有看见我要看的花儿！

从前我做了一个稀奇的梦，

我总嫌他有些太模糊了，

我满不介意，让他震破了；

我醒了，直等到月落，等到天明，

重织一个新梦既织不成，

便是那个旧的也补不起来了。

我到底没有做好我要做的梦！

二月庐

面对一幅淡山明水的画屏，

在一块棋盘似的稻田边上，

蹲着一座看棋的瓦屋——

紧紧地被捏在小山的拳心里。

柳荫下睡着一口方塘；

聪明的燕子——伊唱歌儿

偏找到这里，好听着水面的

回声，改正音调的错儿。

燕子！可听见昨夜那阵冷雨？

西风的信来了，催你快回去。

今年去了，明年，后年，后年以后，

一年回一度的还是你吗？

啊？你的爆裂得这样音响，

迸出些什么压不平的古愁！

可怜的鸟儿，你诉给谁听？

那知道这个心也碎了哦！

睡者

灯儿灭了，人儿在床；

月儿的银潮沥过了叶缝，

冲进了洞窗，

射到睡觉的双靥上，

跟他亲了嘴儿又偎脸，

便洗净一切威情的表象，

只剩下了如梦幻的天真，

笼在那连耳目口鼻都分不清的玉影上。

啊！这才是人的真色相！

这才是自然的真创造！

自然只些一副模型；

铸了月面，又铸人面。

哦！但是我爱这睡觉的人，

他醒了我又怕他呢！

我越看这可爱的睡容，

想起那醒容，超发可怕。

啊！让我睡了，躲脱他的醒罢！

可是瞌睡像只秋燕，

在我眼帘前掠了一周，

忽地翻身飞去了，

不知几时才能得回来呢？

月儿，将银潮密密地酌着！

睡觉的，撑开枯肠深深地喝着！

快酌，快喝！喝着，睡着！

莫又醒了，切莫醒了！

但是还响点擂着，鼟雷！

我只爱听这自然的壮美的回音，

他警告我这时候

那人心宫的禁闼大开，

上帝在里头登极了！

雪

夜散下无数茸毛似的天花，

织成一片大氅，

轻轻地将憔悴的世界，

从头到脚地包了起来；

又加了死人一层殓衣。

伊将一片鱼鳞似的屋顶埋起了，

却总埋不住那屋顶上的青烟缕。

啊！缕缕蜿蜒的青烟啊！

仿佛是诗人向上的灵魂，

穿透自身的躯壳：直向天堂迈往。

高视阔步的风霜踩躏世界，

森林里抖颤的众生争斗多时，

最末望见伊的白氅，

都欢声喊着："和平到了！奋斗成功了！

这不是冬投降的白旗吗？"

雨夜

几朵浮云，仗着雷雨的势力，

把一天的星月都扫尽了。

一阵狂风还喊来要捉那软弱的树枝，

树枝拼命地扭来扭去，

但是无法躲避风的爪子。

凶狠的风声，悲酸的雨声——

我一壁听着，一壁想着；

假使梦这时要来找我，

我定要永远拉着他，不放他走；

还剜出我的心来送他作贽礼，

他要收我作个莫逆的朋友。

风声还在树里呻吟着，

泪痕满面的曙天白得可怕，

我的梦依然没有做成。

哦！原来真的已被我厌恶了，
假的就没他自身的尊严吗?

李白之死

世俗流传太白以捉月骑鲸而终，本属荒诞。此诗所述亦凭
臆造，无非欲借以描画诗人的人格罢了。读者不要当作历史看
就对了。

我本楚狂人，凤歌笑孔丘。——李白

一对龙烛已烧得只剩光杆两枝，
却又借回已流出的浓泪的余脂，
牵延着欲断不断的弥留的残火，
在夜的喘息里无效地抖擞振作。
杯盘狼藉在案上，酒坛睡倒在地下，
醉客散了，如同散阵投巢的乌鸦；
只那醉得最很，醉得如泥的李青莲
（全身的骨架如同脱了榫的一般）
还歪倒倒的在花园的椅上堆着，
口里喃喃地，不知到的说些什么。
声音听不见了，嘴唇还喋着不止；
忽地那络着密密红丝网的眼珠子，

（他自身也像一个微小的醉汉）

对着那怯懦的烛焰瞪了半天：

仿佛一只饿师，发见了一个小兽，

一不响，两眼睁睁地望他尽瞅；

然后轻轻地缓缓地举起前脚，

便迅雷不及掩耳，忽地往前扑着——

像这样，桌上两对角摆着的烛架，

都被这个醉汉拉倒在地下。

"哼哼！就是你，你这可恶的作怪，"

他从咬紧的齿缝里沁出声音来，

"碍着我的月儿不能露面哪！

月儿啊！你如今应该从出来了罢！

哈哈！我已经替你除了障碍，

骄傲的月儿，你怎么还不出来？

你是瞧不起我吗？啊，不错！

你是天上广寒宫里的仙娥，

我呢？不过那戏弄黄土的女娲

散到六合里来的一颗尘沙！

啊！不是！谁不知我是太白之精？

我母亲没有在梦里会过长庚？

月儿，我们是星月原同族的，

我说我们本来是很面熟呢！"

在说话时，他没留心那黑树梢头
渐渐有一层薄光将天幕烘透，
几朵铅灰云彩一层层都被烘黄，

忽地有一个琥珀盘轻轻浮上，
（却又像没动似的）他越浮得高，
越缩越下；颜色越褪淡了，直到
后来，竟变成银子样的白的亮——
于是全世界都浴着伊的晶光。
簇簇的花影也次第分明起来，
悄悄爬到人脚下偎着，总躲不开——
像个小狮子狗儿睡醒了摇摇耳朵，
又移到主人身边懒洋洋地睡着。
诗人自身的影子，细长得可怕的一条，
竟拖到五步外的栏杆上坐起来了。
从叶缝里筛过来的银光跳荡，
啮着环子的兽面蠢似一朵缩菌，
也鼓着嘴儿笑了，但总笑不出声音。
桌上一切的器皿，接受复又反射
那闪灼的光芒，又好像日下的盔甲。
这段时间中，他通身的知觉都已死去，
那被酒催迫了的呼吸几乎也要停驻；

两眼只是对着碧空悬着的玉盘，

对着他尽看，看了又看，总看不倦。

"啊！美呀！"他叹道，"清寥的美！莹澈的美！

宇宙为你而存吗？你为宇宙而在？

哎呀！怎么总是可望而不可即！

月儿呀月儿！难道我不应该爱你？

难道我们永远便是这样隔着？

月儿，你又总爱涎着脸皮跟着我；

等我被你媚狂了，要拿你下来，

却总攀你不到。唉！这样狠又这样乖！

月啊！你怎同天帝一样地残忍！

我要白日照我这至诚的丹心，

狰狞的怒雷又砰訇地吼我；

我在落雁峰前几次朝拜帝座，

额撞裂了，嗓叫破了，阊阖还不开。

吾爱啊！帝旁擎着雉扇的吾爱！

你可能问帝，我究犯了那条天律？

把我谪了下来，还不召我回去？

帝啊！帝啊！我这罪过将永不能赎？

帝呀！我将无期地囚在这痛苦之窟？"

又圆又大的热泪滚向膨胀的胸前，

却有水银一般地沉重与灿烂；

又像是刚同黑云碰碎了的明月

溅下来点点的残屑，眩目的残屑。

"帝啊！既遣我来，就莫生他们！"他又讲，

"他们，那般妖媚的狐狸，猜狠的豺狼！

我无心作我的诗，谁想着骂人呢？

他们小人总要忍心地吹毛求疵，

说那是讥诮伊的。哈哈！这真是笑话！

他是个什么人？他是个将军吗？

将军不见得就不该替我脱靴子。

唉！但是我为什么要作那样好的诗？

这岂不自作的孽，自招的罪？……

那里？我那里配得上谈诗？不配，不配；

那里？我那里配得上谈诗？不配，不配；

谢玄晖才是千古的大诗人呢！——

那吟'余霞散成绮，澄江净如练'的

谢将军，诗既作的那么好——真好！——

但是那里像我这样地坎坷潦倒？"

然后，撑起胸膛，他长长地叹了一声。

只自身的影子点点头，再没别的同情？

这叹声，便似平远的沙汀上一声鸟语，

叫不应回音，只悠悠地独自沉没，

终于无可奈何，被宽嘴的寂静吞了。

"啊，'澄江净如练'这种妙处谁能解道？

记得那回东巡浮江的一个春天，——

两岸旌旗引着腾龙飞虎回绕碧山，——

果然如是，果然是白练满江……

唔？又讲起他的事了？冤枉啊！冤枉！

夜郎有的是酒，有的是月，我岂怨嫌？

但不记得那天夜半，我被捉上楼船！

我企望谈谈笑笑，学着仲连安石们，

替他们解决些纷纠，扫却了胡尘。

哈哈！谁又知道他竟起了野心呢？

哦，我竟被人卖了！但一半也怪我自身？"

这样他便将那成灰的心渐渐扇着，

到的又得痛饮一顿，浇熄了愁的火，

谁知道这愁竟像田单的火牛一般：

热油淋着，狂风扇着，越奔火越燃，

毕竟谁烧焦了骨肉，牺牲了生命，

那束刃的采帛却焕成五色的龙文：

如同这样，李白那煎心烙肺的愁焰，

也便烧得他那幻象的轮子急转，

转出了满牙齿上攒着的"丽藻春葩"。

于是他又讲，"月儿！若不是你和他，"
手指着酒壶，"若不是你们的爱护，
我这生活可不还要百倍地痛苦？
啊！可爱的酒！自然赐给伊的骄子——
诗人的恩俸！啊，神奇的射愁的弓矢！
开启琼宫的管钥！琼宫开了：

那里有鸣泉漱石，玲鳞怪羽，仙花逸条；
又有琼瑶的轩馆同金碧的台榭；
还有吹不满旗的灵风推着云车，
满载霓裳缥缈，彩佩玲珑的仙娥，
给人们颁送着驰魂宕魄的天乐。
啊！是一个绮丽的蓬莱的世界，
被一层银色的梦轻轻地锁着在！"
啊！月呀！可望而不可即的明月！
当我看你看得正出神的时节，
我只觉得你那不可思议的美艳，
已经把我全身溶化成水质一团，
然后你那提挈海潮的全副的神力，
把我也吸起，浮向开遍水钻花的
碧玉的草场上；这时我肩上忽展开
一双翅膀，越张越大，在空中徘徊，

如同一只大鹏浮游于八极之表。

哦，月儿，我这时不敢正眼看你了！

你那太强烈的光芒刺得我心痛。……

忽地一阵清香搅着我的鼻孔，

我吃了一个寒噤，猛开眼一看，……

哎呀！怎地这样一副美貌的容颜！

丑陋的尘世！你那有过这样的副本？

啊！布置得这样调和，又这般端正，

竟同一阕鸾凤和鸣的乐章一般！

哦，我如何能信任我的这双肉眼？

我不相信宇宙间竟有这样的美！

啊，大胆的我哟，还不自惭形秽，

竟敢现于伊前！——啊！笨愚呀糊涂！——

这时我只觉得头昏眼花，血凝心冱；

我觉得我是污烂的石头一块，

被上界的清道夫抛掷了下来，

掷到一个无的黑暗的虚空里，

坠降，坠降，永无着落，永无休止！

月儿初还在池下丝丝柳影后窥看，

像沐罢的美人在玻璃窗口晾发一般；

于今却已姗姗移步出来，来到了池西；

夜的私语不知说破了什么消息，

池波一皱，又惹动了伊娴静的微笑。
沉醉的诗人忽又战巍巍地站起了，
东倒西歪地挨到池边望着那晶波。
他看见这月儿，他不觉惊讶地想着：
如何这里又有一个伊呢？奇怪！奇怪！
难道天有两个月，我有两个爱？
难道刚才伊送我下来时失了脚，

掉在这池里了吗？——这样他正疑着……
他脚底下正当活泼的小涧注入池中，
被一丛刚劲的菖蒲鲠塞了喉咙，
便咯咯地咽着，像喘不出气的呕吐。
他听着吃了一惊，不由得放声大哭：
"哎呀！爱人啊！淹死了，已经叫不出声了！"
他翻身跳下池去了，便向伊一抱，
伊已不见了，他更惊慌地叫着，
却不知道自己也叫不出声了！
他挣扎着向上猛踊，再昂头一望，
又见圆圆的月儿还平安地贴在天上。
他的力已尽了，气已竭了，他要笑，
笑不出了，只想道："我已救伊上天了！"

园内

（序曲）

你开始唱着园内之"昨日"，

请唱得像玉杯跌得粉碎，

血色的酒浆溅污了满地；

然后模拟掌中的细沙，

从指缝之间溜出的声响。

你若唱到园内之"今日"，

当唱得像似一溪活水，

在旭日光中淙淙流去；

或如塾里总角的学童，

走珠似地背诵他的课。

你若会唱园内之"明日"，

你当想起我们紫白的校旗，

你便唱出旗飘舞的节奏；

最末，避席起立，额手致敬，

你又须唱得像军乐交鸣。

（1）

寂寥封锁在园内了，

风扇不开的寂寥，

水流不破的寂寥。

麻雀呀！叫呀，叫呀！

放出你那箭镞似的音调，

射破这坚固的寂寥！

但是雀儿终叫不出来，

寂寥还封锁在园内。

在这沉闷的寂寥里，

雨水泡着的朱扉，

才剩下些银红的霞晕：

雨水洗尽了昨日的光荣。

在这沉闷的寂寥里，

金黄釉的琉璃瓦

是条死龙的残鳞败甲，

飘零在四方上下。

在这阴霾的寂寥里，

大理石、云母石、青琅、汉白玉，

龟坼的阶墀、矢折的栏柱……

纵横地卧在蓬蒿丛里，

像是曝在沙场上的战骨。

在这悲酸的寂寥里，

长发的柳树还像宫妃，

瞰在胶凝的池边饮泣，饮泣……

半醒的蜗牛在败壁上

拖出了颠斜错杂的篆文，

仿佛一页写错了的历史。

在这恐怖的寂寥里，

尪瘠的月儿常挂在松枝上，

像煞一个缢死的僵尸：

在这恐怖的寂寥里，

疯魔的月儿在松枝上缢死。

在这无聊的寂寥里，

坍碎了的王宫变成一座土地庙：

颤怯的农夫鬼物似的，

悄悄地溜进园来，

悄悄地烧了香，磕了头，

又悄悄地溜出园去……

寂寥又封锁在园内了。

寂寥封锁在园内了；

风扇不开的寂寥……

一切都是沉闷阴霾，

一切都是悲酸恐怖，

一切都是百无聊赖。

（Ⅱ）

好了！新生命胎动了！

寂寥的园内生了瑞芝，

紫的灵芝，白的灵芝，

妆点了神秘的芜园。

灵芝生了，新生命来了！

好了，活泼泼的少年

摩肩接踵地挤进园来了。

饿着脑筋，烧着心血，

紧张着肌肉的少年，

从长城东头，穿过山海关，

裹着件大氅，跑进园来了；

从长城西尾，穿过潼关，

坐在驴车里拉进园来了。

从三峡的湍流里救出的少年

病恹恹地踱进园里来了；

漂过了南海，漂过了东海，

漂过了黄海，漂过了渤海的少年，

摇着团罗扇，闯进园里来了；

风流倜傥的少年

碧衫儿荡着西湖的波色，

翩翩然飘进园来了。

少年们来了，灵芝生满园内，

一切只是新鲜，一切只是明媚，

一切只是望，一切只是努力；

灵芝不断地在园内茁放，

少年们不断地在园内努力。

（Ⅲ）

于是曙色烘醒了东方，

好像浸渐明晰的思想。

晨鸡叫了，晨星没了

太阳翻身起来了——

金光镀在紫铜盖的穹窿上，

金光燃在龙鳞似的琉璃瓦上，

金光描在高楼顶的旗杆上，

金光吻在少年的桃颊上。

少年在太阳的跸道之旁，

瞻望六龙挽着的云耕发轫，

仿佛诚惶诚恐的村童，

遥望着帝王的法驾西幸，

无限的敬仰，无限的欣羡，

充满了他那蒙稚的心灵。

早起的少年危立在假石山上，

红荷招展在他脚底，

旭日灿烂在他头上，

早起的少年对着新生的太阳

如同对着他的严师，

背诵庄周屈子的鸿文，

背诵沙翁弥氏的巨制。

万籁无声，宇宙在敛息倾听，

驯雀飞下平地来倾听，

金鱼浮上池面来倾听——

少年对着新生的太阳，

背诵着他的生命的课。

啊！"自强不息"的少年啊！

谁是你的严师！

若非这新生的太阳？

（Ⅳ）

于是夕阳涨破了西方，

赤血喋染了宇宙——

不是赔偿罪的价，

乃是生命澎涨之溢流。
赤血喋染了宇宙，
细草伸出舌头舔着赤血，
绿杨散开乱发沐着赤血。
喷水池抛开螺钿镶的银链，
吼着要锁住宵游的夕阳；

夕阳跌倒在喷水池中，
池中是一盆鲜明的赤血。
红砖上更红的爬墙虎，
紫茎里迸出赤叶的爬墙虎，
仿佛是些血管涨破了，
迸出了满墙的红血斑。
赤血澎涨了夕阳的宇宙，
赤血澎涨了少年的血管。
少年们在广场上游戏，
球丸在太空里飞腾，
像是九天上跳踉的巨灵，
戏弄着熄了的太阳一样。
少年们踢着熄了的太阳，
少年们抛着熄了的太阳，
少年们顶着熄了的太阳，

少年们抱着熄了的太阳：

生命澎涨了少年的血管，

少年们在戏弄熄了的太阳。

夕阳里喧呼着的少年们，

赤铜铸的筋骨，

赤铜铸的精神，

在戏弄熄了的太阳。

（Ⅴ）

于是月儿窥进了东园，

宇宙被清光浸满，

宇宙晶凉的海水一般。

宇宙变了清光之海——

银波逬入了窗棂，

银波泛滥了庭院，

银波弥漫了大自然，

宇宙沉沦在海底里。

那里有杨柳？那里有松桧？

这水似的晶蓝的空气中，

只有些曼舞的海藻，

只有些鹄立的铁珊瑚，

拱抱着巍峨的大礼堂，

龙宫似的庄严灿烂。

龙宫的阊阖是黄金锤出的，

龙宫的楹柱是白玉雕成的。

哦，莫不是水国的仙人——

这清空灵幻的少年

飘摇在龙宫之东，龙宫之西，

那雍容闲雅的少年

蹰躇在龙宫之南，龙宫之北？

少年浮游在海底在，

浮游在清光之海底在，

清光浸入少年的心里，

清光洗在少年的身外。

涤尽浊垢，饮入清光，

少年便是清光之海。

听啊！那里来的歌声？

莫非就是泣珠的鲛人——

莫非是深深海底的鲛人，

坐在紫黑的巉石龛下，

一壁织着愁思之绡，

一壁唱着缠绵之歌？

啊！如此缠绵的歌，

唱得海水的晶波战栗，

唱得海树的枝叶飔腥，

唱得少年不能仰首，

唱醒了少年的杳恨冥愁。

少年听了缠绵的歌，

唤起甜密密的神圣的绝望，

或是热烘烘的玄秘的隐忧，

一种没由来，没目的，

一知半解的少年愁——

为了茫茫的大千宇宙？

为了滔滔的洪水猛兽？

为了闸不住的情绪之流？

还是抛不下锚的生命之舟？

（Ⅵ）

于是月儿愈躲入了西园，

楼房的暗影愈渐伸张弥漫，

列着鹅阵的暗影转战而前，

终于占领了凄凉的庭院。

院中垂头丧气的花木，

是被黑暗拘囚的俘虏；

锁在檐下的紫丁香，

锁在墙脚的迎春柳，

含着露珠儿，含着泪珠儿，

莫不是牛衣对泣的楚囚？

画角哀哀地叫了！

悲壮画角在黑暗里狂吠，

好像激昂的更犬吠着盗贼；

锐利的角在空中咬着，

咬破了黑暗的魔术，

咬破了少年的美梦，

少年们揎开美梦，跳起榻床，

少年们已和黑暗宣战了。

哦！静夜的角如何哭了？

将少年的心脏哭融了，

五百个战士的心脏融成一个。

楼上点着蜡烛，

楼下点着蜡烛，

少年们正在会议，

少年们正在努力。

三旗营的铜磬报尽了五更，

报道黑暗的行程将尽，

少年们啊！再点上一枝蜡，

便撑持过了这黑暗的末路！

曙光回了，新生命又来了！

一切又是新鲜，明媚，

一切又是希，努力。

饿着脑筋，烧着心血，

紧张着肌肉的少年们，

凭着希望造出了希望；

活泼的少年们，

又在园内不断地努力。

（Ⅶ）

然后有一天园内的昨日，

隐入了蒙昧的历史，

园内的今日瓜代了昨日。

然后风云扰攘的天宇

终竟彻体澄清了……

雍穆的蔚蓝监照了一切。

无垠的蔚蓝的天宇

衬出了金碧辉煌的楼阁。

焕丽雄伟的楼阁

像似皇宫帝阙一般——

蓬莱的晓钟鸣了，

文武的千官，戎狄的臣侄，

群在崔嵬的紫宸殿下，

膜拜着文献之王。

肃静森严的楼阁

又似佛寺梵宇一般——

上方的暮磬响了，

意志猛似龙象的僧侣们，

群在理智之佛像前，

焚着虔诚的香火。

哦，文献的宫殿啊！

哦，理智的寺观啊！

矗峙在蔚蓝的天宇中，

你是东方华胄的学府！

你是世界文化的盟坛！

（Ⅷ）

飘啊！紫白参半的旗哟！

飘啊！化作云气飘摇着！

白云扶着的紫气哟！

氤氲在这"水木清华"的景物上，

好让这里万人的眼望着你，

好让这里人的心向着你！
这里人还在猛烈地工作，
像园内的苍松一般工作，
伸出他们的理智的根爪，
挖烂了大地的肌腠，
撕裂了大地的骨骼。，
将大地的神髓吸地，
好向中天的红日泄吐。
这里万人还在静默地工作，
像园外的西山一般工作，
静默地滋育了草木，
静默地迸溢了温泉，
静默地驮负了浮图御苑；
春夏他沐着雨露底膏泽，
秋冬他戴着霜雪底伤痕，
但他总是在静默中工作。
这里努力工作的万人，
并不西方式的机械，
大齿轮绾着小齿轮，
全无意识地转动，
全无目的地转动。
但只为他们的理想工作，

为他们四千年理想，

古圣先贤的遗训，努力工作。

雪气氲氤的校旗呀！

你在百尺高楼上飘摇着，

近瞩京师，远望长城，

你临照着旧中华的脊骸，

你临照着新中华的心脏。

啊！展开那四千年文化的历史，

警醒万人，启示万人，

赐给他们灵感，赐给他们精神！

云气氲氤的校旗呀！

在东西文化交锋之时，

你又是万人的军旗！

万人肉袒负荆的时间过了，

万人卧薪尝胆的时期过了，

万人要为四千年的文化

与强权霸术决一雌雄！

云气氲氤的校旗呀！

你便是东来的紫气，

你飘出函谷关，向西迈往，

你将挟着我们圣人的灵魂，

漫了西土，漫了全球！

飘呀！紫白参半的旗呀！

飘呀！化作云气飘摇着！

白云扶着的紫气呀！

氤氲在这"水木清华"的景物上，

莫使这里万人忘了你的意义！

莫使这里万人忘了你的意义！

我是一个流囚

我是个年壮力强的流囚，

我不知道我犯的是什么罪。

黄昏时候，

他们把我推出门外了，

幸福的朱扉已向我关上了，

金甲紫面的门神

举起宝剑来逐我：

我只得闯进缜密的黑暗，

犁着我的道路往前走。

忽地一座壮阔的飞檐，

像只大鹏的翅子

插在浮沤密布的天海上：

卍字格的窗棂里

泻出醺人的灯光，黄酒一般地酽；

哀宕淫热的竹笙歌，

被激愤的檀板催窘了，

螺旋似地锤进我的心房：

我的身子不觉轻去一半，

仿佛在那孔雀屏前跳舞了。

啊快乐——严懔的快乐——

抽出他的讥诮的银刀，

把我刺醒了；

哎呀！我才知道——

我是快乐的罪人，

幸福之宫里逐出的流囚，

怎能在这里随便打涠呢？

走罢！再走上那没尽头的黑道罢！

唉！但是我受伤太厉害；

我的步子渐渐迟重了；

我的鲜红的生命，

渐渐染了脚下的枯草！

我是个年壮力强的流囚，

我不知道我犯的是什么罪。

晴朝

一个迟笨的晴朝，

比年还现长得多，

像条懒洋洋的冻蛇，

从我的窗前爬过。

一阵淡青的烟云

偷着跨进了街心……

对面的一带朱楼

忽都被他咒入梦境。

栗色汽车像匹骄马

休息在老绿阴中，

瞅着他自身的黑影，

连动也不动一动。

傲霜的老健的榆树

伸出一只粗胳膊，

拿在窗前的日光里，

翻金弄绿，不奈乐何。

除了门外一个黑人薙草，

刮刮地响声渐远，

再没有一息声音——

和平布满了大自然。

和平蜷伏在人人心里；

但是在我的心内

若果也有和平的形迹，

那是一种和平的悲哀。

地球平稳地转着，

一切的都向朝日微笑；

我也不是不会笑，

泪珠儿却先滚出来了。

皎皎的白日啊！

将照遍了朱楼的四面；

永远照不进的——

游子的漆黑的心窝坎：

一个厌病的晴朝，

比年还过得慢，

像条负创的伤蛇，

爬过了我的窗前。

忆菊

（重阳前一日作）

插在长颈的虾青瓷的瓶里，

六方的水晶瓶里的菊花，

钻在紫藤仙姑篮里的菊花；

守着酒壶的菊花，

陪着螯盏的菊花；

未放，将放，半放，盛放的菊花。

镶着金边的绛色的鸡爪菊；

粉红色的碎瓣的绣球菊！

懒慵慵的江西腊哟；

倒挂着一饼蜂窠似的黄心，

仿佛是朵紫的向日葵呢。

长瓣抱心，密瓣平顶的菊花；

柔艳的尖瓣钻蕊的白菊

如同美人的拳着的手爪，

拳心里攥着一撮儿金粟。

檐前，阶下，篱畔，圃心的菊花：

霭霭的淡烟笼着的菊花，

丝丝的疏雨洗着的菊花，——

金的黄，玉的白，春酿的绿，秋山的紫……

剪秋萝似的小红菊花儿；

从鹅绒到古铜色的菊；

带紫茎的微绿色的"真"菊，

是些小小的玉管儿缀成的，

为的是好让小花神儿

夜里偷去当了笙儿吹着。

大似牡丹的菊王到底奢豪些，

他的枣红色的瓣儿，铠甲似的，

张张都装上银白的里子了；

星星似的小菊花蕾儿

还拥着褐色的萼被睡着觉呢。

啊！自然美的总收成啊！

我们祖国之秋的作啊！

啊！东方的花，骚人逸士的花呀！

那东的诗魂陶元亮

不是你的灵魂的化身罢？

那祖国的登高饮酒的重九

不又是你诞生的吉辰吗？

你不像这里的热欲的蔷薇，

那微贱的紫萝兰更比不你。

你是有历史，有风俗的花。

啊！四千年的华胄的名花呀！

你有高超的历史，你有逸雅的风俗！

啊！诗人的花呀！我想起你，

我的心也开成顷刻之花，

灿烂的如同你的一样；

我想起你同我的家乡，

我们的庄严灿烂的祖国，

我的希望之花又开得同你一样。

习习的秋风啊！吹着，吹着！

我要赞美我祖国的花！

我要赞美我如花的祖国！

请将我的字吹成一簇鲜花，

金的黄，玉的白，春酿的绿，秋山的紫，

然后又统统吹散，吹得落英缤纷，

弥漫了高天，铺遍了大地！

秋风啊！习习的秋风啊！

我要赞美我祖国的花！

我要赞美我如花的祖国！

一九二二，一〇

寄怀实秋

泪绳捆住的红烛

已被海风吹熄了；

跟着有一缕犹疑的轻烟，

左顾右盼，

不知往那里去好。

啊！解体的灵魂哟！

失路的悲哀哟！

在黑暗的严城里，

恐怖方施行他的高压政策：

诗人的尸肉在那里仓皇着，

仿佛一只丧家之犬呢。

莲蕊间酣睡着的恋人啊！

不要灭了你的纱灯：

几时珠箔银绦飘着过来，

可要借给我点燃我的残烛，

好在这阴城里面，

为我照一条道路。

烛又点燃了，

那时我便作个自然的流萤，

在深更的风露里，

还可以逍遥流荡着，

直到黎明！

莲蕊间酣睡着的骚人啊！

小心那成群打围的飞蛾，

不要灭了你的纱灯哦！

红荷之魂

有序

盆莲饮雨初放，折了几枝，供在案头，又听侄辈读周茂叔的《爱莲说》，便不得不联想及于三千里外《荷花池畔》的诗人。赋此寄呈实秋，上景超及其他在西山的诸友。

太华玉井的神裔啊！

不必在污泥里久恋了。

这玉胆瓶里的寒浆有些冽骨吗？

那原是没有堕世的山泉哪！

高贤的文章啊！雏凤的律吕啊！

往古来今竟携了手来谀媚着你。

来罢！听听这蜜甜的赞美诗罢！

抱霞摇玉的仙花呀！

看着你的躯体，

我怎不想到你的灵魂？

灵魂啊！到底又是谁呢？

是千叶宝座上的如来，

还是丈余红瓣中的太乙呢？

是五老峰前的诗人，

还是洞庭湖畔的骚客呢？

红荷的魂啊！

爱美的诗人啊！

便稍许艳一点儿，

还不失为"君子"。

看那颗颗袒张的荷钱啊！

可敬的——向上的虔诚，

可爱的——圆满的个性。

花魂啊！佑他们充分地发育罢！

花魂啊，

须提防着，

不要让菱芡藻荇的势力

蚕食了泽国的版图。

花魂啊！

要将崎岖的动的烟波，

织成灿烂的静的绣锦。

然后，

高蹈的鸀鹕啊！

热情的鸳鸯啊！

水国烟乡的顾客们啊！……

只欢迎你们来

逍遥着，偃卧着；

因为你们知道了

你们的义务。

初夏一夜的印象

（一九二二年五月直奉战争时）

夕阳将诗人交付给烦闷的夜了，

叮咛道："把你的秘密都吐给他罢！"

穹窿下洒着些碎了的珠子——

诗人想：该穿成一串挂在死的胸前。

阴风的冷爪子刚扒过饿柳的枯发，

又将池里的灯影儿扭成几道金蛇。

贴在山腰下伛偻得可怕的老柏，

拿着黑瘦的拳头硬和太空挑衅。

失睡的蛙们此刻应该有些倦意了，

但依旧努力地叫着水国的军歌。

个个都吠得这般沉痛，村狗啊！

为什么总骂不破盗贼的胆子？

嚼火漱雾的毒龙在铁梯上爬着，

驮着灰色号衣的战争，吼得要哭了。

铜舌的报更的磬，屡次安慰世界，

请他放心睡去，……世界那肯信他哦！

上帝啊！眼看着宇宙糟踏到这样，

可也有些寒心吗？慈的上帝哟！

深夜的泪

生波停了掀簸；

深夜啊！——

深默的寒潭！

澂虚的古镜！

行人啊！

回转头来，

照照你的颜容罢！

啊！这般憔悴……

轻柔的泪，

温热的泪，

洗得净这仆仆的征尘？

无端地一滴滴流到唇边，

想是要你尝尝他的滋味；

这便是生活的滋味！

枕儿啊！

紧紧地贴着！

请你也尝尝他的滋味。

唉！若不是你，

这腐烂的骷髅，

往那里靠啊！

更鼓啊！

一声声这般急切；

便是生活的战鼓罢？

唉！擂断了心弦，

搅乱了生波……

战也是死，

逃也是死，

降了我不甘心。

生活啊！

你可有个究竟？

啊！宇宙的生命之酒，

都将酌进上帝的金樽。

不幸的浮沤！

怎地偏酌漏了你呢？

志愿

马路上歌啸的人群

泛滥横流着，

好比一个不羁的青年的意志。

银箔似的溪面一意地

要板平他那难看的皱纹。

两岸的绿杨争着

迎接视线到了神秘的尽头？——

原来那里是尽头？

是视线的长度不够！

啊！主呀，我过了那道桥以后，

你将怎样叫我消遣呢？

主啊！愿这腔珊瑚似的鲜血

染得成一朵无名的野花，

这阵热气又化些幽香给他，

好钻进些路人的心里烘着罢！

只要这样，切莫又赏给我

这一副腥秽的躯壳！

主呀！你许我吗？许了我罢！

时间的教训

太阳射上床，惊走了梦魂。

昨日的烦恼去了，今日的还没来呢。

啊！这样肥饱的鹑声，

稻林里撞挤出来——来到我心房酿蜜，

还同我的，万物的蜜心，

融合作一团快乐——生命的唯一真义。

此刻时间望我尽笑，

我便合掌向他祈祷："赐我无尽期！"

可怕！那笑还是冷笑；

那里？他把眉尖锁起，居然生了气。

"地得！地得！"听那壁上的钟声，

果同快马狂蹄一般地奔腾。

那骑者还仿佛吼着：

"尽可多多创造快乐去填满时间；

那可活活缚着时间来陪着快乐？"

七子之歌

邶有七子之不安室。七子自怨自艾，冀以回其母心。诗人作《凯风》以愍之。吾国自尼布楚条约迄旅大之租让，先后丧失之土地，失养于祖国，受虐于异类，臆其悲哀之情，盖有甚于《凯风》之七子。因择其与中华关系亲切者七地，为作歌各一章，以抒其孤苦亡告，眷怀祖国之哀忱，亦以励国人之奋兴云尔。国疆崩丧，积日既久，国人视之漠然。不见夫法兰西之Alsace—Lorraine耶？"精诚所至，金石能开。"诚如斯，中华"七子"之归来其在旦夕乎！

（澳门）

你可知"妈港"不是我的真名姓？

我离开你的襁褓太久了，母亲！
但是他们掳走的是我的肉体，
你依然保管着我内心的灵魂。
三百年来梦寐不忘的生母啊！
请叫儿的乳名，叫我一声"澳门"！
母亲！我要回来，母亲！

（香港）

我好比凤阙阶前守夜的黄豹，
母亲呀，我身份虽微，地位险要。
如今狞恶的海狮扑在我身上，
啖着我的骨肉，咽着我的脂膏；
母亲呀，我哭泣号啕，呼你不应。
母亲呀，快让我躲入你的怀抱！
母亲！我要回来，母亲！

（台湾）

我们是东海捧出的珍珠一串，
琉球是我的群弟我就是台湾。
我胸中还氤氲着郑氏的英魂，
精忠的赤血点染了我的家传。
母亲，酷炎的夏日要晒死我了；

赐我个号令，我还能背城一战。
母亲，我要回来，母亲！

（威海卫）

再让我看守着中华最古的海，
这边岸上原有圣人的丘陵在。
母亲，莫忘了我是防海的健将，
我有一座刘公岛作我的盾牌。
快救我回来呀，时期已经到了。
我背后葬的尽是圣人的遗骸！
母亲！我要回来，母亲！

（广州湾）

东海和硇洲是我的一双管钥，
我是神州后门上的一把铁锁。
你为什么把我借给一个盗贼？
母亲呀，你千万不该抛弃了我！
母亲，让我快回到你的膝前来，
我要紧紧地拥抱着你的脚髁。
母亲！我要回来，母亲！

（九龙）

我的胞兄香港在诉他的苦痛，

母亲，可记得你的幼女九龙？

自从我下嫁给那镇海的魔王，

我何曾有一天不在泪涛汹涌！

母亲，我天天数着归宁的吉日，

我只怕希望要变作一场梦。

母亲！我要回来，母亲！

（旅顺，大连）

我们是旅顺，大连，孪生的兄弟。

我们的命运应该如何的比拟？——

两个强邻将我们来回地蹂躏，

我们是暴徒脚下的两团烂泥。

母亲，归期到了，快领我们回来。

你不知道儿们如何的想念你！

母亲！我们要回来，母亲！

洗衣歌

洗衣是美国华侨最普遍的职业，因此留学生常常被人问道："你爸爸是洗衣裳的吗？"许多人忍受不了这侮辱，而洗衣的职业确乎含着一点神秘的意义，至少我曾经这样的想过，作洗衣歌。

（一件，两件，三件，）

洗衣要洗干净！

（四件，五件，六件，）

熨衣要熨得平！

我洗得净悲哀的湿手帕，

我洗得白罪恶的黑汗衣，

贪心的油腻和欲火的灰……

你们家里一切的脏东西，

交给我洗，交给我洗。

铜是那样臭，血是那样腥，

脏了的东西你不能不洗，

洗过了的东西还是得脏，

你忍耐的人们理它不理？

替他们洗！替他们洗！

你说洗衣的买卖太下贱，

肯下贱的只有唐人不成？

你们的牧师他告诉我说：

耶稣的爸爸做木匠出身，

你信不信？你信不信？

胰子白水耍不出花头来，

洗衣裳原比不上造兵舰。

我也说这有什么大出息——

流一身血汗洗别人的汗？

你们肯干？你们肯干？

年去年来一滴思乡的泪，

半夜三更一盏洗衣的灯……

下贱不下贱你们不要管，

看那里不干净那里不平，

问支那人，问支那人。

我洗得净悲哀的湿手帕，

我洗得白罪恶的黑汗衣，

贪心的油腻和欲火的灰，

你们家里一切的脏东西，

交给我——洗，交给我——洗。

（一件，两件，三件，）

洗衣要洗干净！

（四件，五件，六件，）

熨衣要熨得平！

闻一多先生的书桌

忽然一切的静物都讲话了，

忽然间书桌上怨声腾沸：

墨盒呻吟道"我渴得要死！"

字典喊雨水渍湿了他的背；

信笺忙叫道弯痛了他的腰，

钢笔说烟灰闭塞了他的嘴

毛笔讲火柴烧秃了他的须，

铅笔抱怨牙刷压了他的腿；

香炉咕喽着，这些野蛮的书

早晚定规要把你挤倒了！

大钢表叹息快睡锈了骨头；

"风来了！风来了！"稿纸都叫了；

笔洗说他分明是盛水的，

怎么吃得惯臭辣的雪茄灰；

桌子怨一年洗不上两回澡，

墨水壶说"我两天给你洗一回。"

"什么主人？谁是我们的主人？"

一切的静物都同声骂道，

"生活若果是这般的狼狈，

倒还不如没有生活的好！"

主人咬着烟斗迷迷地笑，

"一切的众生应该各安其位。

我何曾有意的糟蹋你们，

秩序不在我的能力之内。"

闻一多文章部分

最后一次演讲

这几天，大家晓得，在昆明出现了历史上最卑劣最无耻的事情！李先生究竟犯了什么罪，竟遭此毒手？他只不过用笔写写文章，用嘴说说话，而他所写的，所说的，都无非是一个没有失掉良心的中国人的话！大家都有一枝笔，有一张嘴，有什么理由拿出来讲啊！有事实拿出来说啊！为什么要打要杀，而且又不敢光明正大的来打来杀，而偷偷摸摸的来暗杀！这成什么话？

今天，这里有没有特务？你站出来！是好汉的站出来！你出来讲！凭什么要杀死李先生？杀死了人，又不敢承认，还要诬蔑人，说什么"桃色事件"，说什么共产党杀共产党，无耻啊！无耻啊！这是某集团的无耻，恰是李先生的光荣！李先生在昆明被暗杀，是李先生留给昆明的光荣！也是昆明人的光荣！

去年"一二·一"昆明青年学生为了反对内战，遭受屠杀，那算是青年的一代献出了他们最宝贵的生命！现在李先生为了争取民主和平而遭受了反动派的暗杀，我们骄傲一点说，这算是像我这样大年纪的一代，我们的老战友，献出了最宝贵的生命！这两桩事发生在昆明，这算是昆明无限的光荣！

反动派暗杀李先生的消息传出以后，大家听了都悲愤痛恨。我心里想，这些无耻的东西，不知他们是怎么想法，他们的心理是什么状态，他们的心怎样长的！其实简单，他们这样疯狂的来制造恐怖，正是他们自己在慌啊！在害怕啊！所以他们制造恐怖，其实是他们自己在恐怖啊！特务们，你们想想，你们还有几天？你们完了，快完了！你们以为打伤几个，杀死几个就可以了事，就可以把人民吓倒了吗？其实广大的人民是打不尽的，杀不完的！要是这样可以的话，世界上早没有人了。

你们杀死一个李公朴，会有千百万个李公朴站起来！你们将失去千百万的人民！你们看着我们人少，没有力量？告诉你们，我们的力量大得很，强得很！看今天来的这些人都是我们的人，都是我们的力量！此外还有广大的市民！我们有这个信心：人民的力量是要胜利的，真理是永远是要胜利的，真理是永远存在的。历史上没有一个反人民的势力不被人民毁灭的！希特勒，墨索里尼，不都在人民之前倒下去了吗？翻开历史看看，你们还站得住几天！你们完了，快了！快完了！我们的光明就要出现了。我们看，光明就在我们眼前，而现在正是黎明之前那个最黑暗的时候。我们有力量打破这个黑暗，争到光明！我们光明，恰是反动派的末日！

现在司徒雷登注销任美驻华大使，司徒雷登是中国人民的朋友，是教育家，他生长在中国，受的美国教育。他住在中国的时间比住在美国的时间长，他就如一个中国的留学生一样，从前在北平时，也常见面。他是一位和蔼可亲的学者，是真正知道中国人民的要求的，这不是说司徒雷登有三头六臂，能替中国人民解决一切，而是说美国人民的舆论抬头，美国才有这转变。

李先生的血不会白流的！李先生赔上了这条性命，我们要换来一个代价。"一二·一"四烈士倒下了，年青的战士们的血换来了政治协商会议的召开；现在李先生倒下了，他的血要换取政协会议的重开！我们有这个信心！

"一二·一"是昆明的光荣，是云南人民的光荣。云南有光荣的历史，远的如护国，这不用说了，近的如"一二·一"，都属于云南人民的。我们要发扬云南光荣的历史！

反动派挑拨离间，卑鄙无耻，你们看见联大走了，学生放暑假了，便以为我们没有力量了吗？特务们！你们看见今天到会的一千多青年，又握起手来了，我们昆明的青年决不会让你们这样蛮横下去的！

反动派，你看见一个倒下去，可也看得见千百个继起的！

正义是杀不完的，因为真理永远存在！

历史赋予昆明的任务是争取民主和平，我们昆明的青年必须完成这任务！

我们不怕死，我们有牺牲的精神！我们随时像李先生一样，前脚跨出大门，后脚就不准备再跨进大门！

秋瑾诗词部分

秋声

梧树撼楼风，秋声何太苦？
闲拈芳菊词，试把商音谱。

春暮口号

春从何处来？春向何处去？
杜宇尽催归，问之无一语。

寄徐伯荪

十日九不出，无端一雨秋。
苍生纷痛哭，吾道例穷愁！

春草

草色满平芜，春风次第苏。
吹嘘须着意，莫使感荣枯。

咏琴

手抱绿绮来，七弦发清响。
但恐所好殊，不遇知音赏！

谢道韫

咏絮辞何敏，清才扫俗氛。
可怜谢道韫，不嫁鲍参军。

对酒

不惜千金买宝刀，貂裘换酒也堪豪。
一腔热血勤珍重，洒去犹能化碧涛。

赤壁怀古

潼潼水势向江东，此地曾闻用火攻。
怪道侬来凭吊日，岸花焦灼尚余红。

去常德舟中感赋

一出江城百感生，论交谁可并汪伦？
多情不若堤边柳，犹是依依远送人。

分韵赋八首

之一·柳

独向东风舞楚腰，为谁颦恨为谁娇？
灞陵桥畔销魂处，临水傍堤万万条。

之二·梅

开遍江南品最高，数枝庾岭占花朝。
清香犹有名人赏，不与夭桃一例娇。

之三·玫瑰

闻道江南种玉堂，折来和露斗新妆。
却疑桃李夸三色，得占春光第一香。

之四·秋海棠

栽植恩深雨露同，一丛浅淡一丛浓。
平生不借春光力，几度开来斗晚风？

之五·杜鹃花

杜鹃花发杜鹃啼，似血如朱一抹齐。

应是留春留不住，夜深风露也含凄！

之六·芍药

开遍嫣红白雪枝，销魂底事唤将离？

年来景色浑消瘦，减却腰间金带围。

之七·桃花

艳色秾芳夹岸栽，苎萝溪下水潆洄。

料因王母瑶池谪，独向深闺士女开。

之八·兰花

九畹齐栽品独优，最宜簪助美人头。

一从夫子临轩顾，羞伍凡葩斗艳俦。

残菊

岭梅开后晓风寒，几度添衣怕倚栏。

残菊由能傲霜雪，休将白眼向人看。

咏燕

飞向花间两翅翔，燕儿何用苦奔忙？

谢王不是无茅屋，偏处卢家玳瑁梁！

春寒

料峭春寒懒启窗，重帘犹是冷难降。

临风只有呢喃燕，花外分飞小语双。

黄金台怀古

蓟州城筑燕王台，招士以财亦可哀！

多少贤才成底事，黄金便可广招徕？

踏青记事四章

之一

女邻寄到踏青书，来日晴明定不虚。

妆物隔宵齐打点，凤头鞋子绣罗襦。

之二

曲径珊珊芳草茸，相携同过小桥东。

一湾流水无情甚，不送愁红送落红！

之三

柳阴深处啭黄鹂，芳草萋萋绿满堤。

笑指谁家楼阁好？珠帘斜卷海棠枝。

之四

西邻也为踏青来，携手花间笑语才，

昨日卿经贾傅宅，今朝侬上定王台。

登宜月楼

住久由来浑是家，异乡容我傲烟霞。

数声短笛临风晚，露湿夭桃月影斜。

春日偶占

春色依依映碧纱，窗前重发旧时花。

燕儿去后无消息，寂寞当年王谢家。

读书口占

东风吹绿上阶除，花院萧疏夜月虚。

侬亦痴心成脉望，画楼长蠹等身书。

杂兴二章

（其一）

瓶插名花架插书，数竿修竹碧窗虚。

晴明天气吟诗地，畅好娥眉作隐居。

（其二）

羞写平原《乞米》书，月明如镜夜窗虚。

为栽松菊开三径，门对西湖此地居。

《芝龛记》题后八章

董寅伯之王父所作传奇

（其一）

今古争传女状头，红颜谁说不封侯？

马家妇共沈家女，曾有威名振九州。

（其二）

支撑乾坤女土司，将军才调绝尘姿。

靴刀帕首桃花马，不愧名称娘子军。

（其三）

莫重男儿薄女儿，平台诗句赐娥眉。

吾侪得此添生色，始信英雄亦有雌。

（其四）

百万军中救父回，千群胡马一时灰。

而今浙水名犹在，想见将军昔日才。

（其五）

谪来尘世耻为男，翠鬓荷戈上将坛。

忠孝而今归女子，千秋羞说左宁南。

（其六）

忠孝声名播帝都，将军报国有良姝。

可怜不倩丹青笔，绘出娉婷两女图。

（其七）

结束戎装貌出奇，个人如玉锦驼骑。

同心两女肩朝事，多少男儿首自低。

（其八）

肉食朝臣尽素餐，精忠报国赖红颜。

壮哉奇女谈军事，鼎足当年花木兰。

季芝姊以诗相慰次韵答之二章

（其一）

云笺一纸忽还飞，相慰空劳尖笔挥。

已拼此身填恨海，愁城何日破重围？

（其二）

连床夜雨思当日，回首谁怜异昔时？

炼石空劳天不补，江南红豆子离离。

重阳志感

容易东篱菊绽黄，却教风雨误重阳。

无端身世茫茫感，独上高楼一举觞。

月夜怀故人

料峭霜风夜气寒，深闺珍重絮衣单。

伯牙焦尾音何渺？浩月团圆不忍看。

杞人忧

幽燕烽火几时收，闻道中洋战未休。

漆室空怀忧国恨，难将巾帼易兜鍪。

杂咏二章

（其一）

钱塘江上几回潮？作客年华鬓渐凋！

争似明妃悲出塞，尚留青冢向南朝。

（其二）

随珠弹雀总辛酸，蛾箭伺人感百端。

飞絮漫天春去也，起来无力倚阑干。

秋日感别二章

（其一）

昨宵犹是在亲前，今日相思隔楚天。

独上曝衣楼上望，一回弹指一潸然。

（其二）

已是秋来无限愁，那禁秋里送离舟？

欲将满眼汪洋泪，并入湘江一处流。

春暮

楝花风信乱吹衣，小倚危栏对晚晖。

燕子不来春已暮，桃花柳絮逐翻飞。

望乡

白云斜挂蔚蓝天，独自登临一怅然。

欲望家乡何处似，乱峰深里翠如烟。

风雨口号

多病休登花外楼，一番风雨一番愁。

衔泥燕子多情甚，小语依依傍玉钩。

喜雨漫赋

渊龙酣睡谁驱起？飞向青天作怒波。

四野农民皆额首，名亭直欲继东坡。

题松鹤图四章

（其一）

角巾羽扇旧谈兵，笑赋《归来》薄宦情。

天与荣名兼寿考，吟松饲鹤寄平生。

（其二）

小坐焚香看鹤嬉，山林幸有谪仙司。

勋名浪说凌烟阁，争似商山歌《采芝》？

（其三）

传家清德有遗经，熏沐披图仰典型。

自恨生来太迟暮，不曾亲拜少微星。

（其四）

清福如公古亦稀，遗图犹见静中机。

黄巾劫火神呵护，夜夜灵光逐电飞。

菊

铁骨霜姿有傲衷，不逢彭泽志徒雄。

夭桃枉自多含妒，争奈黄花耐晚风？

剪春罗

二月春风机杼劳，嫣红染就不胜娇。

而今花样多翻覆，劝尔留心下剪刀。

惜鸾

鹦鹉身材何渺小，常因巧语主人欢。

槛鸾谁解怜文彩，长自临风惜羽翰。

上陈先生梅生索书室联

如雷久耳右军名，问字愁难列讲庭。

欲乞一联绮丽笔，闺中曾读《养鹅经》。

寄季芝三章

（其一）

肠断魂销子野歌，知心钟子隔山河。

年来自笑无他事，缠绕愁魔更病魔。

（其二）

金兰义气薄云天，一别迢迢又数年。

欲见恨无怀梦草，空劳肠断衍波笺。

（其三）

相思不见独伤神，无限襟怀托锦鳞。

为问粤东吴季子，千金一诺等行人。

赠曾筱石四章

（其一）

一代雕虫出谢家，天教宋玉住章华。

秋风卷尽湖云满，桂籁留馨开细花。

（其二）

曲屏徙倚见珠衣，离合神光花际飞。

石竹碍帘苔印涩，赤箫携手并斜晖。

（其三）

挂席南来楚水清，遥闻奇论称簪缨。

莲裳何幸逢文苑，广乐流声下凤城。

（其四）

海气苍茫刁斗多，微闻绣幕动吴歌。

绿蛾鬖损因家国，系表名流竟若何？

临行留别寄尘小淑五章

（其一）

临行赠我有新诗，更为君家进一辞。

不唱阳关非忍者，实因无益漫含悲。

（其二）

莽莽河山破碎时，天涯回首岂堪思？

填胸万斛汪洋泪，不到伤心总不垂。

（其三）

此别深愁再见难，临歧握手嘱加餐。

从今莫把罗衣浣，留取行行别泪看！

（其四）

惺惺相惜二心知，得一知音死不辞。

欲为同胞添臂助，只言良友莫言师。

（其五）

珍重香闺莫大痴，留君小影慰君思。

不为无定河边骨，吹聚萍踪总有时。

赠徐小淑二章

（其一）

况复平生富感情，《骊歌》唱彻不堪闻。

重来敢爽临歧约，此别愁心增为君！

（其二）

此身拼为同胞死，壮志犹虚与愿违。

但得有心能自奋，何愁他日不雄飞？

柬徐寄尘二章

（其一）

祖国沦亡已若斯，家庭苦恋太情痴。

只愁转眼瓜分惨。百首空成花蕊词。

（其二）

何人慷慨说同仇？谁识当年郭解流？

时局如斯危已甚，闺装愿尔换吴钩。

梅十章

（其一）

本是瑶台第一枝，谪来尘世具芳姿。

如何不遇林和靖？飘泊天涯更水涯。

（其二）

桃姨杏妹嫁东风，玉砌珠栏晓日笼。

可怜憔悴罗浮客，独立零霜利雨中。

（其三）

举世竟言红紫好，缟衣素袂岂相宜？

天涯沦落无人惜，憔悴欺霜傲雪姿。

（其四）

欲凭粉笔写风神，侠骨棱棱画不真。

未见师雄来月下，如何却现女郎身？

（其五）

难凭健步一枝安，宋相端严见亦难。

惆怅夜深风露冷，有谁同倚碧栏干？

（其六）

东阁当年盛旧游，休言清福几生修。

自怜风骨难谐俗，到处逢迎百不售。

（其七）

漫劳江北忆江南，淡泊由来分已甘。

吟得百花头上句，又同霜雪斗春酣。

（其八）

回思何逊太风豪，每遇花时折柬招。

留得琳琅千万句，锦函双系碧丝绦。

（其九）

一度相逢一度思，最多情处最情痴。

孤山林下三千树，耐得寒霜是此枝。

（其十）

冰姿不怕雪霜侵，羞傍琼楼傍古岑。

标格原因独立好，肯教富贵负初心？

登吴山

老树扶疏夕照红，石台高耸近天风。
茫茫灏气连江海，一半青山是越中。

阙题

黄河源溯浙江潮，卫我中华汉族豪。
莫使满胡留片甲，轩辕神胄是天骄。

春寒看花

凭栏默默咒风姨：几度空劳栽护旗！
才见萌芽两三叶，又教雪压更霜欺。

古意

金屋无人见泪痕，坠欢如梦黯消魂。
秋风一夕捐纨扇，零落人间弃妇恩。

感事

足絷麒麟踬不前，匣中夜夜啸龙泉。
天生材气非无意，震荡乾坤待转旋。

探骊歌

地岌天惊应一呼，斩蛟射虎徒区区。

挈云试展屠龙手，血浴沧溟夺颔珠。

题徐寄尘淑姊妹诗稿

新诗读竟齿犹芬，大小徐名久已闻。

今日骚坛逢劲敌，愿甘百拜作降军。

柬蒋淑敏父四章（存疑）

（其一）

莫道赔钱厌女胎，须知闺阁亦多才。

他年亲老贫与苦，半子何妨依傍来。

（其二）

木兰从军因父老，文姬续史接归来。

一文一武皆卫国，谁云巾帼没英才。

（其三）

女子平权当自强，岂能守株在闺房。

精忠报国英雄事，一样持枪上战场。

109

（其四）

志坚不怕杀身凶，何况灭敌建奇功。

他日凯歌归故里，名标青史亦光荣。

水仙花

洛浦凌波女，临风倦眼开。瓣疑呈玉盏，根是谪瑶台。

嫩白应欺雪，清香不让梅。余生有花癖，对此日徘徊。

送别

杨柳中庭月，来宵只独看。分离从此始，相见定年难。

浦溆灯将烬，窗前泪未干。明朝挂帆去，谁伴倚栏干？

咏琴志感

泠泠七弦琴，所思在翠岑。成连奋逸响，中散叹销沉。

世俗惟趋利，人谁是赏音？若无子期耳，总负伯牙心。

思亲兼柬大兄丙申作二章

（其一）

一样帘前月，如何今朝愁？阑干深院静，花影夜庭幽。

看雁莺归思，题笺写早秋。闺中无解闷，谁伴数更筹。

（其二）

久绕闺中步，徘徊意若何？敲棋徒自谱，得句索谁和？
坐月无青眼，临风惜翠蛾。却怜同调少，感此泪痕多。

轮船记事二章

（其一）

四望浑无岸，洋洋信大观：舟疑飞鸟渡，山似毒龙蟠；
万派潮声迥，千峰云际攒。茫茫烟水里，乡思入眉端。

（其二）

水天同一色，突兀耸孤峦。望远胸襟畅，凭窗眼界宽。
银涛疑壁立，青海逼人寒。咫尺皇州近，休歌行路难。

寄家书

惆怅慈闱隔，于今三月余。发容应是旧，眠食近何如？
恨别常抚线，怀愁但寄书。秋来宜善保，珍摄晚凉初。

感事

竟有危巢燕，应怜故国驼！东侵忧未已，西望计如何？
儒士思投笔，闺人欲负戈。谁为济时彦？相与挽颓波。

书怀

廿载贫中过，青春太负公。消磨诗与酒，惆怅月兼风。
发短因愁白，颜凋借酒红。壮心殊未已，且莫憾途穷。

失题

自别西湖后，匆匆又半年。南辕今北辙，东道复西躔。
膝下贻谋晚，堂前慰籍先。封侯真万里，快着祖生鞭。

长崎晓发口占

曙色推窗入，岚光扑面来。行行无限意，搔首一低徊。
我欲乘风去，天涯咫尺间。何当登帝阙，一叩九重关。

题潇湘馆集二章

（其一）

闻道才华众不如，蛾眉饱读五车书。

家传醉草云烟富，吟入香兰绮思摅。

四壁牙签详亥豕，一门诗友尽璠玙。

登龙喜遂瞻韩愿，何日重停问字车？

（其二）

幼妇新词愧不如，佳篇重把手难除。

千寻翠色供诗笔，一派湖山作画图。
博士声华苏氏锦，绛仙才调卫娘书。
风流文采教占尽，羡煞胸多记事珠。

咏白梅

雪玉妆成千万枝，冰霜雅操最宜诗。
花坛独步盈盈立，嫩萼含葩淡淡姿。
仙子白衣初谪降，佳人素袂最相思。
孤山处士空唐突，未许门墙网粉施！

白梅

仙人缟袂倚重门，笑掷明珠幻絮魂。
谈到罗浮忘色相，谪来尘世具灵根。
洛妃玉骨风前影，倩女冰姿月下痕，
独立自怜标格异，肯因容易便承恩？

寄珵妹

年年常是感离居，两地相思托鲤鱼。
今日新愁因共晓，昔时旧恙近何如？
小窗蛩语伤时暮，别院鸡声破梦初：
惆怅寸怀言不尽，几回涕泪湿衣裾！

秋雨

西窗剪烛话巴池，云黑应催工部诗。

恨入高楼人别后，寒侵斗帐梦回时。

菊花雾重秋容淡，桐叶声残夜漏迟。

最是淋铃闻不得，谢娘减尽旧腰肢！

送别

杨柳枝头飞絮稠，那堪分袂此高楼！

阑干十二云如叠，程路三千水自流。

未免有情烟树黯，相留无计落花愁。

送君南浦销魂处，一夜东风促客舟。

见月

愁见帘头月影圆，思亲空剩泪潺湲。

衔泥有愿誓填海，炼石无才莫补天。

湘水燕云萦旧鹿，碧山红树噪新蝉，

十分惆怅三分恨，往事思量只自怜。

月

一轮蟾魄净娟娟，万里长空观晶奁。

照地疑霜珠结露，浸楼似水玉含烟。

有人饮酒迎杯问，何处吹箫倚槛传？

二十四桥帘尽卷，清宵好影正团圆。

旧游重过不胜今昔之感口号

去年曾此踏青来，联袂堤边印碧苔。

并语却怜花样异，同心正好别情催。

题愁壁上诗犹昔，留约闺中人未回。

独自沉吟欲求友。林间愧乏左芬才。

旧游重过不胜今昔之感

旧时景物旧时楼，今日重来宿雨收。

小庭花草犹如是，故国亲朋好在不？

南地音书频阻隔，东方烽火几时休？

不堪登望苍茫里，一度凭栏一度愁！

梧叶

梧叶宵来拂画栏，西风已觉袷衣单。

十分惆怅灯无语，一味相思梦亦叹。

白雁声中秋思满，黄花篱畔暮愁宽。

却怜镜里容颜减，尚为吟诗坐漏残。

寄珵妹

锦鳞杳杳雁沉沉，无限愁怀独拥衾。

闺内惟余灯作伴，帘前幸有月知心。

数声落叶鸣空砌，一点无聊托素琴。

输与花枝称姊妹，不堪遥听暮江砧。

重过女伴芷香居时芷香已作古人矣

回首妆台遗响沉，旧游景物怕重寻。

人何曾在帘犹挂？花正开时草尚深。

素烛双添今昔感，东风一片别离心。

栏干敲遍纱窗下，鹦鹉无言泪满襟。

赠琴文伯母

萍踪聚首亦前缘，一见蒙垂格外怜。

谊合芝兰同气味，情深萧艾结忘年。

欢言正好匆匆别，愁绪无聊黯黯传。

一纸乘风凭雁足，相思无际海无边。

有怀游日本时作

日月无光天地昏，沉沉女界有谁援？

钗环典质浮沧海，骨肉分离出玉门。

放足湔除千载毒，热心唤起百花魂。

可怜一幅鲛绡帕，半是血痕半泪痕！

日人石井君索和即用原韵

漫云女子不英雄，万里乘风独向东。

诗思一帆海空阔，梦魂三岛月玲珑。

铜驼已陷悲回首，汗马终惭未有功。

如许伤心家国恨，那堪客里度春风？

题乐天词丈春郊试马图有序二章

甲辰南归，适见南海乐天词丈有春郊试马图之咏，一时和作如林，无美不备；自忘谫陋，谨和二律，兴之所至，未能步原韵也。

（其一）

白堤苏柳绿丝丝，正是词坛纵马时。

三月莺花千里梦，半林风月一囊诗。

元龙湖海增豪气，庾信关山寄远思。

可向此君堂畔过，瓣香亲拜水仙祠。

（其二）

长亭话别太忽忙，衫影鞭丝映夕阳。

百战乾坤成感慨，十年脂粉剧苍茫。

楼头烟雨新诗句，风月情怀旧酒场。

楚尾吴头渺何处，自携书剑去扶桑。

九日感赋

百结愁肠郁不开，此生惆怅异乡来。

思亲堂上茱初插，忆妹窗前句乍裁。

对菊难逢元亮酒，登楼愧乏仲宣才。

良时佳节成辜负，旧日欢场半是苔。

独对次《清明》韵

独对春光抱闷思，夕阳芳草断肠时。

愁城十丈坚难破，清酒三杯醉不辞。

喜散奁资夸任侠，好吟词赋作书痴。

浊流纵处身原洁，合把前生拟水芝。

乍别忆家

远隔慈帏会面难，分飞湘水雁行单。

补天有术将谁倩？缩地无方使我叹。

拼却疏慵愁里度，那禁消瘦镜中看！

帘前钩样昏黄月，料得深闺也倚栏。

清明怀友

节届清明有所思，东风容易踏青时。

看完桃李春俱艳，吟到荼蘼兴未辞。

诗酒襟怀憎我独，牢骚情绪似君痴。

年年乏伴徒呼负，几度临风忆季芝？

秋菊

篱下墙边处处栽，千枝喜向谢庭开。

冷吟秋色寻新句，醉酹寒香拨旧醅。

帘卷西风人比瘦，时迎北雁客初来。

曾闻解组陶彭泽，圃露庭霜手自培。

秋雁

芦苇萧萧景象秋，鸣声争聚白蘋洲。

频兴夜月骚人感，惯助河梁旅客愁。

传帛解怜苏武节，挥弦应忆洞庭游。

空劳写尽西风怨，江外光阴肯少留？

春柳四章

（其一）

东风吹彻日初肥，几度曾经汁染衣？

陌上烟轻莺并语，帘前香暖燕双飞。

先生园巷斜阳晚，处士楼台宿雨稀。

一曲白门摇落恨，送人离别太依依。

（其二）

珠帘画舫绿沙洲，笑对东风舞态柔。

植去堪宜廉吏宅，移来刚傍美人楼。

欧阳堂外思前度，苏小门边忆旧游。

陌上萋萋空怅望，征夫何处觅封侯？

（其三）

近拂楼头远拂桥，隋堤风景未全销。

龙池雨过烟笼幕，雀舫春浓锦作桡。

一曲竞歌樊素口，三眠学舞楚宫腰。

江南江北愁如许，谁把蛾眉样细描？

（其四）

和雨拖烟万缕丝，灵和惯妒舞腰肢。

好将五斗师陶令，羞把双眉拟紫芝。

牵尽离情思妇泪，织成愁绪旅人思。

永丰坊里多垂线，曾许承恩向禁墀。

秋日独坐

小坐临窗把卷哦，湘帘不卷静垂波。

室因地僻知音少，人到无聊感慨多。

半壁绿苔蛩语响，一庭黄叶雨声和。

剧怜北地秋风早，已觉凉侵翠袖罗。

红莲

洛妃乘醉下瑶台，手把红衣次第裁。

应是绛云天上幻，莫疑玫瑰水中开。

仙人游戏曾栽火，处士豪情欲忆梅。

夺得胭脂山一座，江南儿女棹歌来。

白莲

莫是仙娥坠玉珰，宵来幻出水云乡。

朦胧池畔讶堆雪，淡泊风前有异香。

国色由来夸素面，佳人原不借浓妆。

东皇为恐红尘浣，亲赐寒簧明月裳。

赠浯溪女士徐寄尘和原韵二章

（其一）

仙群飞下五云端，如此清才得接欢。

盛誉妄加真愧煞，《阳春》欲和也知难。

英雄事业凭身造，天职宁容袖手观？

廿纪风云争竞烈，唤回闺梦说平权。

（其二）

客中何幸得逢君，互向窗前诉见闻。

不栉何愁关进士，清新尤胜鲍参军。

欲从大地拯危局，先向同胞说爱群。

今日舞台新世界，国民责任总应分。

赠女弟子徐小淑和韵

素笺一幅忽相遗，字字簪花见俊姿。

丽句天生谢道韫，史才人目汉班姬。

愧无秦聂英雄骨，有负《阳春》绝妙辞。

我欲期君为女杰，莫抛心力苦吟诗。

病起谢徐寄尘小淑姊妹

朋友天涯胜兄弟，多君姊妹更深情。

知音契洽心先慰，身世飘零感又生。

劝药每劳亲执盏，加餐常代我调羹。

病中忘却身为客，相对芝兰味自清。

愤时叠前韵二章

（其一）

文明种子已萌芽，好振精神爱岁华。

奴隶心肠男子愤，英雄资格女儿奢。

剧怜今世文才擅，莫使他年志愿差。

呼啸登高悲祖国，《渔阳》金石鼓三挝。

（其二）

一线光明放异芽，欲同青帝斗春华。

填胸块垒消杯酒，爱国精神成侈奢。

虎视列强争脔食，鹏飞大地与心差。

当年红玉真英杰，破虏亲将战鼓挝。

赠小淑三叠韵

中山琼树长新芽，绣榻初停徐月华。

廿纪风云多变幻，一生事业绝豪奢。

女儿花发文明好，奴隶根除旧习差。

有志由来终必达，雄飞快整御风挝。

题郭桐白宗熙《湘上题襟集》
即用集中杜公亭韵二章

（其一）

江南又见贺方回，遮莫樽前击钵催。

《子夜》豪歌琼树腻，卯桥风月鸟声哀。

由来名士耽诗酒，从古江山助逸才。

领略梅花与岩翠，暗香浓绿笔端来。

（其二）

贾傅祠前载酒回，新声才赋管弦催。

二分明月珠帘卷，十丈劳尘画角哀。

绣虎漫抛词客力，闻鸡好奋济川才。

他年书勒燕然石，应有风云绕笔来。

感怀

莽莽神州叹陆沉，救时无计愧偷生。

抟沙有愿兴亡楚，博浪无椎击暴秦。

国破方知人种贱，义高不碍客囊贫。

经营恨未酬同志，把剑悲歌涕泪横。

感时

（其一）

忍把光阴付逝波，这般身世奈愁何？

楚囚相对无聊极，樽酒悲歌泪涕多。

祖国河山频入梦，中原名士孰挥戈？

雄心壮志销难尽，惹得旁人笑热魔。

（其二）

炼石无方乞女娲，白驹过隙感韶华。

瓜分惨祸依眉睫，呼告徒劳费齿牙。

祖国陆沉人有责，天涯飘泊我无家。

一腔热血愁回首，肠断难为五月花。

柬某君三章

（其一）

飘泊天涯无限感，有生如此复何欢？

伤心铁铸九州错，棘手棋争一着难。

大好江山供醉梦，催人岁月易温寒。

陆沉危局凭谁挽？莫向东风倚断栏。

（其二）

危局如斯百感生，论交抚案泪纵横。

苍天有意磨英骨，青眼何人识使君？

叹息风云多变幻，存亡家国总关情。

英雄身世飘零惯，惆怅龙泉夜夜鸣。

（其三）

河山触目尽生哀，太息神州几霸才！

牧马久惊侵禹域，蛰龙无术起风雷。

头颅肯使闲中老？祖国宁甘劫后灰？

无限伤心家国恨，长歌慷慨莫徘徊。

赠盟姊吴芝瑛

曾因同调访天涯，知己相逢乐自偕。

不结死生盟总泛，和吹埙篪韵应佳。

芝兰气味心心印，金石襟怀默默谐。

文字之交管鲍谊，愿今相爱莫相乖。

申江题壁

一轮航海又南归，小住吴淞愿竟违。

马足车尘知己少，繁弦急管正声稀；

几曾涕泪伤时局？但逐豪华斗舞衣；

满眼俗氛忧未已，江河日下世情非。

重上京华申江题壁

又是三千里外程，望云回首倍关情。
高堂有母发垂白，同调无人眼不青！
懊恼襟怀偏泥酒，支离情绪怕闻莺。
疏枝和月都消瘦，一枕凄凉梦不成。

自题小照男装

俨然在望此何人？侠骨前生悔寄身。
过世形骸原是幻，未来景界却疑真。
相逢恨晚情应集，仰屋嗟时气益振。
他日见余旧时友，为言今已扫浮尘。

寄友书题后

分离未见日相思，何事鱼鳞雁羽迟？
慰我好凭三寸管，寄君惟有七言诗。
风霜异国身无恙，花月侨乡乐可知。
引领尺书从速降，还将时局诉毛锥。

黄海舟中日人索句并见日俄战争地图

万里乘云去复来，只身东海挟春雷。

忍看图画移颜色，肯使江山付劫灰。

浊酒不销忧国泪，救时应仗出群才。

拼将十万头颅血，须把乾坤力挽回。

秋来

（其一）

秋来何处最凄迷，回首都门夕照低。

旧事已成蝴蝶梦，新愁都付鹧鸪啼。

欲将星替谁怜月，却怨云痴不忆泥。

为问离情长几许，水流呜咽到耶溪。

（其二）

酒滴灰寒绮梦迷，可怜吟望翠眉低。

贫家作妇轻离别，外舍依人强笑啼。

篱菊分愁俱只影，海棠和泪浣香泥。

来时曾照婵娟态，只有门前罨画溪。

惆怅词

生成薄幸奈何天，一度思量一惆然。

才子偏悭偕老福，美人工唱想夫怜。
花含别泪啼朝露，柳织离愁绾暮烟。
半揾情痕浑褪净，余根触绪尚缠绵。
江烟漠漠雨霏霏，料峭轻寒袭绣帏。
晓镜频弹铅水泪，晚妆应换裕罗衣。
折余杨柳情难系，采罢蘼芜郎不归。
珍重九鸾钗一股，玉珰缄札倍依依。

初寄

将缣比素故输新，薄命休教怨不辰。
喉哽万言声掩抑，眼噙一把泪酸辛。
流光似水颜难驻，绮梦如尘忆未真。
曾是为郎憔悴尽，年来无复旧丰神。

再寄

（其一）

道是多愁善病身，竭来慰问怕相亲。
得无妾面羞郎面，将谓新人胜故人。
雪里芭蕉空幻想，风中柳絮片时因。
浮生聚散寻常事，何必情痴苦认真。

（其二）

人破哀丝恐进弦，衔愁欲问奈何天。

襟冰渐觉秋如水，衾铁空成夜似年。

毕竟生离优死别，况兼青鬓未华颠。

劝卿幽怨权抛却，不羡鸳鸯且学仙。

叠前韵戏寄尘

种梅须去旧根芽，移向新春竞物华。

霜雪当年容质傲，文明今日望苞奢。

信风屏却羞依赖，花果营培莫弱差。

若再偷闲弃天职，安排娇骨用鞭挝。

赠郑夫人松筠

曾同霜雪斗枝芽，松柏经冬色更华。

马援据鞍犹矍铄，伏生传史厌繁奢。

飞来仙鹤欣无恙，移得灵芝愿不差。

未免雄心输老骥，吟诗闲把唾壶挝。

丁未二月四日，偕寄尘泛舟西湖，复登凤凰山绝顶望江。相传此山南宋嫔妃葬地也，口占志感。

怀古伤今一黯然，东南天险好山川。

武陵城郭围山势，罗刹湖声咽暮烟。

啸傲不妨容我辈，相看何处有林泉。

白杨荒冢同凭吊，儿女英雄尽可怜。

送怀示吴夫人

（其一）

恨海茫茫堕此身，愁根铲尽又抽新。

鸾飘凤泊离难合，絮果兰因幻未真。

独活幸同无患子，再生莫作有情人。

素心惟有君知我，灯下相携话苦辛。

（其二）

寂寞莺花冷艳浮，模糊风月印绸缪。

言愁使我欲愁绝，相见争如不见休。

但保续添长命缕，何妨虚拥合欢裯。

人前强制伤心泪，暗惜年华似水流。

忏愁

历劫愁根忏未完，《楞严》一卷洗心看。

解情便受多情累，悔过其如补过难。

色界柔乡留缺陷，爱河恨海起波澜。

明知夙约成虚设，争奈愁衷不自宽。

效山谷体

唐衢恸哭谁知己，宋玉悲秋独损神。

茗盌药炉消白昼，鬓丝禅榻负青春。

已知庸福应无分，不信忧时别有人。

寄语诸君宜好在，休将志业让儒巾。

重九前三日书怀

（其一）

秋山妆黛水文波，猎猎惊风飐薜萝。

芳草也如人意懒，斜阳无那客愁多。

茫茫对此新亭泪，黯黯销魂敕勒歌。

沧海横流行且遍，辟兵何处觅岩阿。

（其二）

白裕清秋怯晓寒，西风弗贷客衣单。

杞忧有泪悲全局，草具无心恋素餐。

敢觊德功三不朽，自怜身世两俱难。

居今士燮惟祈死，独立苍茫发浩叹。

重九风雨至耳棘心芒枯坐无聊孤吟写愁

为甚秋阴不放晴，百端交集莽难平。

未能免俗恩成怨，无以为家我负卿。

回首可怜分袂日，痴心犹恋结褵情。

人生如有伤怀事，怕听酸风苦雨声。

大雅一篇贻某君

大雅飘然思不群，鸡虫蛮触任纷纷。

腹中空洞容卿辈，天下英雄惟使君。

海市蜃楼消幻气，云台麟阁策华勋。

规模成就非无本，广狭都由一念分。

漫兴

（其一）

桓伊怅触怕闻歌，绰有情深唤奈何。

人是伤心怀抱别，生离太瘦病愁多。

斜阳黯黯偎孤影，秋水娟娟感逝波。

拥鼻微吟还独笑，狂奴故态未消磨。

（其二）

忧来苍莽思无端，偪侧宁知宇宙宽。

傲骨天成仍肮脏，谋生计拙愧寒酸。

儒冠误我嗟何及，旅食依人事本难。

颇欲迳寻赤松子，相随辟谷扫仙台。

集杜句

（其一）

行酒赋诗殊未央，诗成吟咏转凄凉。

王侯宅第皆新主，金谷铜驼非故乡。

仍唱夷歌饮都市，初闻涕泪满衣裳。

焉知饿死填沟壑，自觉狂夫老更狂。

（其二）

忽惊屋里琴书冷，不见江湖行路难。

海内风尘诸弟隔，百年粗粝腐儒餐。

当时得意况深眷，老去悲秋强自宽。

回首可怜歌舞地，愁看北直是长安。

（其三）

正思戎马泪沾巾，莫厌伤多酒入唇。

万里悲秋常作客，一官羁绊实藏身。

指挥能事回天地，但觉高歌有鬼神。

纵饮久拼人共弃，柴门深锁闭松筠。

黄海舟中感怀

（其一）

片帆破浪涉沧溟，回首河山一发青。

四壁波涛旋大地，一天星斗拱黄庭。

千年劫烬灰全死，十载淘余水尚腥。

海外神山渺何处，天涯涕泪一身零。

（其二）

闻道当年鏖战地，只今犹带血痕流。

驱驰戎马中原梦，破碎河山故国羞。

领海无权悲索寞，磨刀有日快恩仇。

天风吹面泠然过，十万烟云眼底收。

赠京师卫生女学医院廖太夫人

女中今又见卢和，救世心真一片婆。

广为后生开觉路，常闻脱手起沉疴。

杏林春好颜常驻，兰室尘无梦屡过。

灵药刀圭应赠我，炉杯擎出治人多。

吊屈原

楚怀本孱王，乃同聋与瞽。

谤多言难伸，虫生木自腐。

臣心一如矛，市语三成虎。

君何喜谄佞？忠直反遭忤。

伤哉九畹兰，下与群草伍。

临风自芳媚，又被薰菇妒。

太息屈子原，胡不生于鲁？

偶有所感用鱼玄机步光威裒三女子韵

妆台喜见仙才两，客路飘蓬月又三。

明镜萧疏青翼鬓，闲窗宽褪碧罗衫。

十联佳句抚膺折，一卷新诗信手衔。

道韫清芬怜作女，木兰豪侠未终男。

高吟《白雪》谁能继？欲步《阳春》我自惭。

小院伫闻莺睍睆，旧巢留待燕呢喃。

爱翻声谱常抛绣，为买图书每脱簪。

身后微名豹雾隐，眼前事业蜮沙含。

交游薄俗情都倦，世路辛酸味久谙。

绿蚁拼将花下醉，《黄庭》闲向静中参。

不逢同调嗟何益？得遇知音死亦甘。

怅望故乡隔烟水，红牙休唱《忆江南》。

挽故人陈阒生女士

阒生年方二十一，遽作古人。回忆省垣聚首，风雨连床，曾几何时？谁怜一别，竟成梦幻。悲从中来，不胜哀惨！手挽一章，亦长歌代哭之意。魂兮有灵，慰予梦寐！

聚首湘垣君卯角，掌上珠擎藏绣阁。

喜音时按玉参差，好客每陈金凿落。

三生石上有前缘，相见相亲两意怜。

栏外同心伫皓月，阶前携手惜流年。

何期一旦分飞去，催妆各赋于归句。

遭际相同奈命何？一水盈盈不得语。

从此相思相见难，沙江潭水恨漫漫。

鱼书欲寄何由达？几度临风琴韵寒？

长颂锦屏春永好，忽传噩耗惊相报！

召回天上掌书仙，劈破人间比翼鸟。

驾鹤催归萼绿华，却教知己泣天涯。

素车白马难为继，斗酒只鸡徒自嗟。

伤心侬欲将天问，翘首呼天何太忍？

素悉卿家姊妹无，高堂能不添悲哽？

挽卿几度暗声吞，满纸淋漓尽泪痕！

无地可逢怀梦草，长歌聊以代招魂。

寄徐寄尘

不唱阳关曲，非因有故人。

柳条重缭绕，莺语太叮咛。

惜别阶前雨，分携水上萍。

飘蓬经已惯，感慨本纷纭。

忧国心先碎，合群力未曾。

空劳怜彼女，无奈系其亲。

万里还甘赴，孑身更莫论。

头颅原大好，志愿贵纵横。

权失当思复，时危敢顾身？

白狼须挂箭，青史不铭勋。

恩宗轻富贵，为国作牺牲。

只强同族势，岂是为浮名。

日本服部夫人属作日本海军凯歌

狡俄阴鸷大无信，盟约未寒莽寻衅。

全球公理置不珍，夺我陪都恣蹂躏。

当时謷语至外交，十年不觉祸以包。

经营未半机谋露，转瞬松花起怒涛。

喋血瞋人侈虎视，蚕食东方势未止。

明治天皇雄武姿，独立精神寒鉴齿。

奋发神威不可当，投袂扫穴殴贪狼。

将军爱国皆擐甲，侠士闻风尽裹粮。

貔貅海上军容壮，冒雪凌霜如挟纩。

一炬横飞敌舰摧，精魂都向波中丧。

何物幺麽不自思，怒车螳臂敢相持？

一歼再歼慑其魄，五日堂堂三报捷。

捷报飞来大地欢，从今世界庆安澜。

草木山河皆变色，未许潜蛟侧目看。

仁乎壮哉赤十字！女子从军卫战士。

吁嗟一线义勇队，唤起国魂强宗类。

掀天揭地气不磨，吮血吞冰勿蹉跎。

几欲起舞乘风去，拍手樽前唱凯歌。

日本铃木文学士宝刀歌

铃木学士东方杰，磊落襟怀肝胆裂。

一寸常萦爱国心，双臂能将万人敌。

平生意气凌云霄，文惊坐客翻波涛。

睥睨一世何慷慨？不握纤毫握宝刀。

宝刀如雪光如电，精铁熔成经百炼。

出匣铿然怒欲飞，夜深疑共蛟龙战。

入手风雷绕腕生，眩睛射面色营营。

山中猛虎闻应遁，海上长鲸见亦惊。

君言出自安纲冶，于载成川造成者。

神物流传七百年，于今直等连城价。

昔闻我国名昆吾，叱咤军前建壮图。

摩挲肘后有吕氏，佩之须作王肱股。

古人之物余未见，未免今生有遗憾。

何幸获见此宝刀，顿使庸庸起壮胆。

万里乘风事壮游，如君奇节谁与俦？

更欲为君进祝语：他年执此取封侯。

剑歌

若耶之水赤鏖铁，铸出霜锋凛冰雪。

欧冶炉中造化工，应与世间凡剑别。

夜夜灵光射斗牛，英风豪气动诸侯。

也曾渴饮楼兰血，几度功铭上将楼。

何期一旦落君手？右手把剑左把酒。

酒酣耳热起舞时，天矫如见龙蛇走。

肯因乞米向胡奴？谁识英雄困道途？

名刺怀中半磨灭，长歌居处食无鱼。

热肠古道宜多毁，英雄末路徒尔尔。

走遍天涯知者稀，手持长剑为知己。

归来寂寞闭重轩，灯下摩挲认血痕。

君不见孟尝门下三千客，弹铗由来解报恩！

红毛刀歌

一泓秋水净纤毫，远看不知光如刀。
直骇玉龙蟠匣内，待乘雷雨腾云霄。
传闻利器来红毛，大食日本羞同曹。
濡血便令骨节解，断头不俟锋刃交。
抽刀出鞘天为摇，日月星辰芒骤韬。
斫地一声海水立，露锋三寸阴风号。
陆专犀象水截蛟，魍魉惊避魑魅逃。
遭斯刃者凡几辈？骷髅成群血涌涛。
刀头百万英雄泣，腕底乾坤杀劫操。
且来挂壁暂不用，夜夜鸣啸声疑鸮。
英灵渴欲饮战血，也如块磊需酒浇。
红毛红毛尔休骄，尔器诚利吾宁抛。
自强在人不在器，区区一刀焉足豪？

二月篇

二月江南草正肥，杂花生树乱莺飞。
朱颜渐惜垂垂老，绮陌空歌缓缓归。
归去来兮归未得，天孙惆怅银河隔。
几见红鸾照命宫，未容青鸟通消息。
消息沉沉乡阃封，庭花依旧笑春风。

青丝镜里朝成雪，玉筋灯前夜陨红。

红妆是否长如故，秋月春风等闲度。

蓬岛频回欲近舟，桃源莫认重来路。

路曲花迷别恨浓，情关谁启钥重重。

宠辞金屋三千队，梦觉巫山十二峰。

巫峰影事休追话，啼痕暗湿鲛绡帕。

雌凤将雏瘦可怜，惊鸳打鸭愁无那。

无那狂风扬落花，隔花人远抵天涯。

风怀陶写凭诗酒，幽怨分明托琵琶。

琵琶一曲伤心调，旧人痛哭新人笑。

棋局中心郁不平，车轮四角留难到。

到时纵换嫁时衣，愁后芳期百卉腓。

仙掌终虚承露望，芙蓉应悔拒霜非。

是非谁向先机悟，花谢花开总由数。

冯衍慵贻妇弟书，阿娇空买长门赋。

宝剑歌

炎帝世系伤中绝，芒芒国恨何时雪？

世无平权只强权，话到兴亡眦欲裂。

千金市得宝剑来，公理不恃恃赤铁。

死生一事付鸿毛，人生到此方英杰。

饥时欲啖仇人头，渴时欲饮匈奴血。

侠骨棱嶒傲九州，不信太刚刚则折。

血染斑斑已化碧，汉王诛暴由三尺。

五胡乱晋南北分，衣冠文弱难辞责。

君不见剑气棱棱贯斗牛，胸中了了旧恩仇！

锋芒未露已惊世，养晦京华几度秋。

一匣深藏不露锋，知音落落世难逢。

空山一夜惊风雨，跃跃沉吟欲化龙。

宝光闪闪惊四座，九天白日暗无色。

按剑相顾读史书，书中误国多奸贼。

中原忽化牧羊场，呦呦腥风吹禹域。

除却干将与莫邪，世界伊谁开暗黑。

斩尽妖魔百鬼藏，澄清天下本天职。

他年成败利钝不计较，但恃铁血主义报祖国。

泛东海歌

登天骑白龙，走山跨猛虎。

叱咤风云生，精神四飞舞。

大人处世当与神物游，顾彼豚犬诸儿安足伍！

不见项羽酣呼钜鹿战，刘秀雷震昆阳鼓。

年约二十余，而能兴汉楚。

杀人莫敢当，万世钦英武。

愧我年二七，于世尚无补。

空负时局忧，无策驱胡虏。

所幸在风尘，志气终不腐。

每闻鼓鼙声，心思辄震怒。

其奈势力孤，群才不为助。

因之泛东海，冀得壮士辅。

宝剑篇

宝剑复宝剑，羞将报私德。斩取国仇头，写入英雄传。

女辱咸自杀，男甘作顺民。斩马剑如售，云胡惜此身。

干将羞莫邪，顽钝保无恙。呫嗟雌伏侪，休冒英雄状。

神剑虽挂壁，锋芒世已惊。中夜发长啸，烈烈如枭鸣。

书吴烈士樾

昆仑一脉传骄子，二百余年汉声死。

低头异族胡衣冠，腥膻污人祖宗耻。

忽地西来送警钟，汉人聚哭昆仑东。

方知今日豚尾子，不是当年大汉风。

裂眦啮指争传檄，大叫同胞声激烈。

积耻从头速洗清，毋令黄胄终沦灭。

大江南北群相和，英雄争挽鲁阳戈。

卢梭文笔波兰血，拼把头颅换凯歌。

年年岁月驹驰隙，有汉光复总无策。

志士奋呼东海东，　胡儿虎踞北京北。

名曰同胞意未同，　徒劳流血叹无功。

堤防家贼计何酷，　愤起英雄出皖中。

皖中志士名吴樾，　百炼刚肠如火热。

报仇直以酬祖宗，　杀贼计先除羽翼。

爆裂同拼歼贼臣，　男儿爱国已忘身。

可怜懵懵天竟瞽，　致使英雄志未伸。

电传噩耗风潮耸，　同志相顾皆色动。

打破从前奴隶关，　惊回大地繁华梦。

死殉同胞剩血痕，　我今痛哭为招魂。

前仆后继人应在，　如君不愧轩辕孙！

秋风曲

秋风起兮百草黄，　秋风之性劲且刚。

能使群花皆缩首，　助他秋菊傲秋霜。

秋菊枝枝本黄种，　重楼叠瓣风云涌。

秋月如镜照江明，　一派清波敢摇动？

昨夜风风雨雨秋，　秋霜秋露尽含愁。

青青有叶畏摇落，　胡鸟悲鸣绕树头。

自是秋来最萧瑟，　汉塞唐关秋思发。

塞外秋高马正肥，　将军怒索黄金甲。

金甲披来战胡狗，　胡奴百万回头走。

将军大笑呼汉儿，痛饮黄龙自由酒。

宝刀歌

汉家宫阙斜阳里，五千余年古国死。

一睡沉沉数百年，大家不识做奴耻。

忆昔我祖名轩辕，发祥根据在昆仑。

辟地黄河及长江，大刀霍霍定中原。

痛哭梅山可奈何？帝城荆棘埋铜驼。

几番甲首京华望，亡国悲歌泪涕多。

北上联军八国众，把我江山又赠送。

白鬼西来做警钟，汉人惊破奴才梦。

主人赠我金错刀，我今得此心雄豪。

赤铁主义当今日，百万头颅等一毛。

沐日浴月百宝光，轻生七尺何昂藏？

誓将死里求生路，世界和平赖武装。

不观荆轲作秦客，图穷匕首见盈尺。

殿前一击虽不中，已夺专制魔王魄。

我欲只手援祖国，奴种流传遍禹域。

心死人人奈尔何？援笔作此《宝刀歌》。

宝刀之歌壮肝胆，死国灵魂唤起多。

宝刀侠骨孰与俦？平生了了旧恩仇。

莫嫌尺铁非英物，救国奇功赖尔收。

愿从兹以天地为炉、阴阳为炭兮，铁聚六洲。

铸造出千柄万柄宝刀兮，澄清神州。

上继我祖黄帝赫赫之威名兮，一洗数千数百年国史之奇羞！

赠蒋鹿珊先生言志且为他日成功之鸿爪也

画工须画云中龙，为人须为人中雄。

豪杰羞伍草木腐，怀抱岂与常人同？

久闻吾浙有蒋子，未见音容徒仰企。

何幸湖山获订交？高谈宏论惊人耳。

不惧仇人气焰高，频倾赤血救同胞。

诲人思涌粲花舌，化作钱塘十丈涛。

风潮奔腾复澎湃，保守急进本无派。

协力同心驱满奴，宗旨同时意气洽。

危局如斯敢惜身？愿将生命作牺牲。

可怜大好神明胄，忍把江山付别人！

事机一失应难再，时乎时乎不我待！

休教他人锁键牢，从此沉沦汉世界。

天下英才数使君，据鞍把剑气纵横。

好将十万头颅血，一洗腥膻祖国尘。

我欲为君进一箸，时机已熟君休虑。

成功最后十五分，拿破仑语殊足取。

霹雳一震阴霾开，光复祖业休徘徊。

他年独立旗飞处，我愿为君击柝来。

深院月·中秋

深院月·中秋初月皎洁，喜成前调。俄为云掩，戏填此解。

凭仟月，坐披风，沉香初焚小语喁。底事嫦娥羞掩态？倩云深闭广寒宫。

南浦月·前题

喜得蟾光，长天今夜清如水。许多心事，欲诉珠帘底。

才见窥窗，何事匆匆避？聊缘因是：怕看周影，勾起离人思。

忆萝月·前题

桂香初揽，袖角清芬染。何故寒簧梳洗懒？才得奁开重掩。

多事却笑云痴，不肯现出常仪。定教十分圆了，绿窗方许人窥。

临江仙·题秋灯课诗图

懿范当年传画荻，辛勤慈母兼师。九熊篝火课儿时，三迁媲孟氏，折荻授羲之。

佳句不辞千遍读，秋宵真个宜诗。讲帏已邈悔生迟，宣文

148

遗志在，盟手仰仪徽。

踏莎行·陶荻

对影喃喃，书空咄咄，非关病酒与伤别。愁城一座筑心头，此情没个人堪说。

志量徒雄，生机太窄，襟怀枉自多豪侠。拟将厄运问天公，蛾眉遭忌同词客！

昭君怨

恨煞回天无力，只学子规啼血，愁恨感千端，拍危栏。

枉把栏干拍遍，难诉一腔幽怨，残雨声声，不堪听！

临江仙

陶荻子夫人邀集陶然亭话别。紫英盟姊作擘窠书一联以志别绪。驹隙光阴，聚无一载；风流云散，天各一方。不禁黯然，于焉有感，时余游日留学，紫英又欲南归。

把酒论文欢正好，同心况有同情。《阳关》一曲暗飞声，离愁随马足，别恨绕江亭。

铁画银钩两行字，歧言无限丁宁。相逢异日可能凭？河梁携手处，千里暮云横。

鹧鸪天

　　祖国沉沦感不禁，闲来海外觅知音。金瓯已缺总须补，为国牺牲敢惜身。

　　嗟险阻，叹飘零，关山万里作雄行。休言女子非英物，夜夜龙泉壁上鸣！

临江仙·题李艺垣《慕莱堂集》

　　忆昔椿萱同茂日，登堂喜舞莱衣。而今风木动衰思，音容悲已邈，犹记抱儿时。

　　南望白云亲舍在，故乡回首依依。慕莱堂上征歌辞，弟昆分两地，愁读《蓼莪》诗。

子夜歌·寒食

　　花朝过了逢寒食，恼人最是春时节。窗外草如烟，幽闺懒卷帘。

　　绛桃临水照，翠竹迎风笑。莺燕不知愁，双飞傍小楼。

清平乐·花朝，是日风雨大作

　　花朝序届，风雨多勾碍。莺儿窗外啼无奈，误了踏青挑菜。

　　遮莫今岁春迟，风雨相阻良宜。且待桃花放候，清明时节堪期。

临江仙 · 中元

秋风容易中元节，霜砧捣碎乡心。螿声凄楚不堪闻，空阶梧叶落，销尽去年魂！

何事眉峰频锁翠？愁浓鹊尾慵熏。阑干遍倚悄无人，多情惟有影，和月伴黄昏。

罗敷媚 · 春

寒梅报道春风至：莺啼翠帘，蝶飞锦檐，杨柳依依绿似烟。

桃花还同人面好：花映前川，人倚秋千，一曲清歌醉绮筵。

减字木兰花 · 夏

又送春去，子规啼彻庭前树。夏昼初长，纨扇轻携纳晚凉。

含桃落尽，莺语心惊蝶褪粉。浴罢兰泉，斜插茉花映翠钿。

玉交枝

金针度，晚妆初罢陈瓜果。陈瓜果，无限心事，背人偷诉。

夜深小凭栏干语，阶前促织声凄楚。声凄楚，笑倩同侪，不如归去。

更漏子 · 冬

起严霜，悲画阁，寒气冷侵重幕。炉火艳，酒杯干，金貂笑倚栏。

云漠漠，风瑟瑟，飘尽玉阶琼屑。疏蕊放，暗香来，窗前开早梅。

浪淘沙·秋夜

窗外落梧声，无限凄清，蛩鸣啾唧夜黄昏。秋气感人眠不得，细数鼍更。

斜月上帘纹，竹影纵横，一分愁作十分痕！几阵吹来风乍冷，寒透罗衾。

相见欢

因书抛却金针，笑相评。忘了窗前，红日已西沉。

春衫薄掩帘幕，晚妆新。踏青明日，女伴约邻人。

菩萨蛮·寄女伴

（其一）

堪怜一片帘前月，不照欢娱照离别。云树思悠悠，无情湘水流。

一山相隔远，欲见何由见？含笑费商量，愁和更漏长。

（其二）

寒风料峭侵窗户，垂帘懒向回廊步。月色入高楼，相思两处愁。

聊得心上事，托付浣花纸。若遇早梅开，一枝应寄来。

唐多令·秋雨

肠断雨声秋，烟波湘水流，闷无言独上妆楼。忆到今宵人已去，谁伴我？数更筹。

寒重冷衾裯，风狂乱幕钩，挑灯重起倚熏篝。窗内漏声窗外雨，频点滴，助人愁。

踏莎行

将锦遮花，拦烟护柳，苍苔小步低徊久。自怜往事惜流年，已忘夜月上窗牖。

杏脸褪红，桃腮中酒，多情月姊蛾眉绉。拍栏杆欲问东风：明年池馆能来否？

七娘子

褪红帘外东风晚，杨柳飞棉春意满。草肥花瘦，莺愁蝶怨，空阶似觉闻长叹。

芭蕉经雨心犹卷，杜鹃声急沉香断。好景罕逢，良时苦短，韶光去矣难留恋。

丑奴儿 · 望家书未至

困人天气日徘徊，慵扫蛾眉，懒插金钗。蕉叶为心卷未开。

沉沉所事挂胸怀，划遍炉灰，倚遍廊回。盼煞音书雁不来。

喝火令 · 题魏春皆看剑图小照

带月松常健，临窗卷屡翻，吴钩如雪逼人寒。想见摩挲三五，起舞白云抟。

短夹豪挫地，长歌笑划天，王蕴知己托龙泉。似此襟怀，似此襟怀难；似此高风雅韵，幸有画能传。

满江红

肮脏尘寰，问几个男儿英哲？算只有蛾眉队里，时闻杰出。

良玉勋名襟上泪，云英事业心头血。醉摩挲长剑作龙吟，声悲咽。

自由香，常思蓺。家国恨，何时雪？劝吾侪今日，各宜努力。

振拔须思安种类，繁华莫但夸衣玦。算弓鞋三寸太无为，宜改革。

满江红

小住京华，早又是，中秋佳节。为篱下、黄花开遍，秋容如拭。

四面歌残终破楚，八年风味独思浙。苦将侬，强派作蛾眉，殊未屑！

身不得，男儿列；心却比，男儿烈！算平生肝胆，因人常热。

俗夫胸襟谁识我？英雄末路当磨折。莽红尘，何处觅知音，青衫湿！

翠楼怨

题王泽环亡姬吴氏遗像，因庚子兵乱，此像失之。后其友朱望清见于市上，赎回归之。

寂寞庭寮，喜飞来画轴，破我无聊。试展朝云遗态，费侬摩几许清宵？

紫玉烟沉，惊鸿影在，历劫红羊迹未消。赖有故人高谊，赎得生绡。

环佩声遥，纵归来月下，魂已难招。故剑珠还无恙，黄衫客风韵偏豪。

自叙乌阑，遍征红豆，替传哀怨谱《离骚》。但恐玉箫难再，愁煞韦皋。

金缕曲·送季芝女兄赴粤

凄唱《阳关》叠。最伤心渭城风雨，灞陵柳色。正喜闺中酬韵事，同凭栏干仵月。

更订了同心兰牒。笑倩踏青携手处，步苍苔赌印双弓迹。几时料，匆匆别？

鹧鸪罗襟泪渍凝红血。算者番愁情恨绪，重重堆积。月满西楼谁伴我？只有箫声怨咽。

蛮梦里山河犹隔。事到无聊频转念，悔当初何苦与君识。万种情，一枝笔。

满江红·鹃

鹧鸪鸣声哀，恨此际芳菲都歇。更何堪剩绿含愁，残红如泣。

香屑已无波弋贡，花魂欲作经年别。想夜深寂寞小庭幽，更哽咽。

旧台馆，余苔碧。步曲径，伤陈迹。只迷离衰草，乱虫凄切。

老我韶华春不管，妒人风雨愁将绝。问青天、缺月可常圆？空啼血。

齐天乐·雪

朔风萧瑟侵帘户，谁唤玉龙起舞？万里云凝，千山雾合，做就一天愁绪。

谢家娇女，正笑倚栏干，欲拈丽句。访戴舟回，襟怀多半为倚阻。

应被风姨相妒。任飘尽梨花，摧残柳絮。玉宇琼楼，珠窗银瓦，疑在广寒仙府。

清香暗度，知庭阁梅开，寻时怕误。暖阁围炉，刚好持樽俎。

贺新凉·戏贺佩妹合卺

吉日良时卜，镜台前丽娥妆就，早辞金屋。恰是银河将七夕，一夜桥成乌鹊。

引凤曲双和玉竹。屈指倚栏翘望处，计官衙今日花生烛。遥把那，三多祝。

蓝桥玉杵缘圆足。人争道郎才女貌，天生嘉淑。却扇筵开娇欲并，暗里偷回羞目。

佐合叠更饶芳卮，添个吟诗仙伴侣，谱新声因满芙蓉牍。初学画，双眉绿。

念奴娇·寄闺珵妹

最无聊赖，是重衾叠幕，严寒时候。观腊吹葭都过了，佳节良时辜负。

梅绽红葩，雪飞白絮，景物还依旧。年年今日，围炉同把酒樽。

而今两地分飞，几重云隔？往事愁回首。最是相思拦不住，又见岁华驰骤。

别绪万丝，离情万缕，寸纸应难剖。何时归省，窗前相将携手。

望海潮·送陈彦安、孙多琨二姊回国

惜别多思，伤时有泪，内䌷外侮交讧。

世局堪惊，前车可惧，同胞何事懵懵？感此独心忡。

美中流先我，破浪乘风。半月比肩，一时分手叹匆匆。

从今劳燕西东，算此行归国，立起疲癃。

智欲萌芽，权犹未复，期君力挽颓风，化痼学应隆。

仗粲花莲舌，启瞆振聋。唤起大千姊妹，一听五更钟！

意难忘

幽恨无涯，听归鸿阵阵，和那栖鸦；炉烟销觑酢，箔影斗尖叉。

花作槛，柳排衙，风景足矜夸。畅好是栏干倚处，月满窗纱。

豪情欲继乘槎，向广寒宫里，听谱红牙。须将双眼拭，俯看万人家。

攀桂树，玩云霞，白杵玉无瑕。乞嫦娥分侬丹药，长驻年华。

满江红·题郑叔进名沅孤帆细雨下潇湘图，调寄满江红

尺幅丹青，藏多少辛酸痛泪？想那时廉纤细雨，魂销帆驶。

画获欢成永叔业，导舆不获崔邠侍。恸慈晖一去见无从，伤心始。

课儿声，长已矣！思亲泪，何时止？剩潇湘诗句，兰闺遗志。

纵有虎头灵妙笔，难传仁杰缠绵思。盼何时懿像画甘泉，荣青史。

东风第一枝·雪珠

冻雾初含，寒风乍起，时光一霎都变。池塘鹤梦皆迷，闺阁虾帘不卷。

巡檐乱落，似粒粒明珠抛散。笑幻奇手掷麻姑，故弄眼光疑眩。

敲冰屑儿童嬉检，拖雨线天公愁绾。堆成玉海银涛，莫觅红楼翠馆。

千盘万槟，堪买否韶华重转？尽围炉闲理诗牌，瘦了梅花人面。

满江红

中秋夕无月，屈指三年。今年喜见之，不可无词以记，赋成此解。

客里中秋，大好是庭前月色。想此夕平分秋景，桂香催发。

斗酒休辞花下醉，双螯喜向樽前列。算蟾光难得似今宵，清辉澈。

移篱菊，芬芳接。歌《水调》，唾壶缺。问楼头谁倚？玉箫吹彻。

风味何人能领略？襟怀自许同圆洁。把幽情暗自向嫦娥，从容说。

如此江山

萧斋谢女吟《愁赋》，潇潇滴檐剩雨。知己难逢，年光似瞬，双鬓飘零如许。

愁情怕诉，算日暮穷途，此身独苦。世界凄凉，可怜生个凄凉女。

曰："归也"，归何处？猛回头，祖国鼾眠如故。外侮侵陵，内容腐败，没个英雄作主。

天乎太瞀！看如此江山，忍归胡虏？豆剖瓜分，都为吾故土。

沁园春·《和鸾集》题词

一卷瑶章，看向窗前，凝芬齿牙。羡联吟才敏，齐驱道韫。唱随福大，得傍秦嘉。

好句同搜，奇文偕赏，侥幸如卿洵足夸。有多少，遇王郎天壤，辜负才华。

词佳彩笔生花，恍似见，披笺对碧纱。笑唾残绒缕，闲评花柳。拈来古调，细谱琵琶。

写韵楼空，掌书仙去，莫是昙花坠劫耶？生修得，此龙孙挺秀，兰玉森芽。

秋瑾文章部分

普告同胞檄

嗟夫！我父老子弟，其亦知今日之时势，为如何之时势乎？其亦知今日之时势，有不容不革命者乎？欧风美雨，彭湃逼人，满贼汉奸，网罗交至，我同胞处于四面楚歌声里，犹不自知，此某等为民族大义之故，不得不恺切劝谕者也。夫鱼游釜底，燕处焚巢，且夕偷生，不自知其濒于危殆，我同胞其何以异是耶？财政则婪索无厌，虽负尽纳税义务，而不与人以参政之权；民生则道路流离，而彼方升平歌舞。侈言立宪，而专制乃得实行；名为集权，则汉人尽遭剥削。南北兵权，既纯操于满奴之手；天下财赋，又欲集于一隅。练兵也，加赋也，种种剥夺，括以一言，制我汉族之死命而已。夫闭关之世，犹不容有一族偏枯之弊，况四邻逼处，彼乃举其防家贼、媚异族之手段，送我大好河山？嗟夫！我父老子弟，盖亦一念炎黄二祖基业之艰难、大汉子孙立足之无所，而深思满奴之政策耶？

某等眷怀华夏祖国之前程，默察天下之大势，知有不容已于革命，用是张我旗鼓，歼彼满奴，为天下创。义旗指处，是我皇汉华族，应表同情也。

光复军起义檄稿

芸芸众生，孰不爱生？爱生之极，进而爱群，盖种族之不保则个人随亡。此固大义了然，毋庸多赘者也。

然试叩我同胞以今为何时，则莫不曰："种族存亡之枢纽也。"再进而叩以何术可解决此存亡之问题，则又瞪然莫对，否即以政治改革为极端之进化矣。

嗟夫，欧风美雨咄咄逼人，推原祸始是谁之咎，虽灭满奴之族亦不足以蔽其辜矣！

夫汉族沉沦二百有余年，婢膝奴颜，胁肩他人之宇下，有土地而自不知守，有财赋而自不知用，戴丑夷以为主，而自奴之。

彼固傥来之物，初何爱于我辈，所何堪者我父老子弟耳。生于斯，居于斯，聚族而安处。一旦者瓜分实见，彼即退处藩服之列，固犹胜始起游牧之族。奈何父老子弟乃听之而不闻也。

年来防家贼之计算着着进步，美其词曰"立宪"；而杀戮之报不绝于书，大其题曰"集权"，而汉人失势，满虏枭张。

呜呼！人非木石，孰不爱生？而爱群逼于不获已，则只能守一族之利益矣。彼既弃我种族，置之不问之列，则返报之道，亦所当为，奈何我父老子弟见之不早也？

　　某等菲薄，不敢自居先知，然而当仁不让，固亦尝以此自励。今时势阽危，确见其有不容已者。为是大举挞伐，先以雪我二百余年汉族奴隶之耻，复以启我二兆方里天府之新帝国，宗旨务光明而不涉于暧昧，行事务单简而不踏于琐细，幸叨黄帝祖宗之灵，得以光复旧业，与众更始。所有遣派之兵马晓谕如左，凡我皇汉子孙，自当共表同情也。